KB139086

인생에 그림이 찾아왔다

초판 1쇄 인쇄 | 2018년 8월 25일
초판 1쇄 발행 | 2018년 8월 30일

지은이 | 윤문원
펴낸이 | 심윤희
디자인 | 최은숙

펴낸곳 | 씽크파워
출판등록 | 2005년 10월 21일 제393-2005-15호
주소 | 서울 성북구 보국문로18길 19-7, 402호
전화 | 02-817-8046
팩스 | 02-817-8047
이메일 | mwyoon21@hanmail.net

ISBN 979-11-85161-19-8 03810

「이 도서의 국립중앙도서관 출판시도서목록(CIP)은 서지정보유통지원시스템 홈페이지
(http://seoji.nl.go.kr)와 국가자료공동목록시스템(http://www.nl.go.kr/kolisnet)에서
이용하실 수 있습니다.(CIP제어번호: CIP2018023522)」

인생에 그림이 찾아왔다

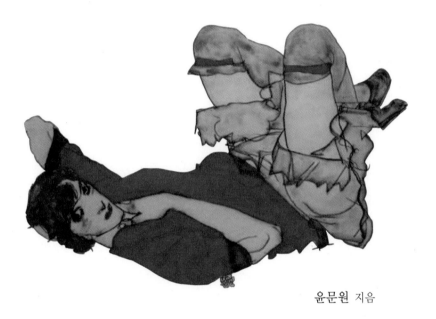

윤문원 지음

씽크파워
THINK POWER

인생은 한 폭의 그림

인생은 태어나서 죽음에 이르기까지를 뜻합니다. 어떤 사람은 짧은 인생을 살다 가고 어떤 사람은 보다 더 긴 인생을 살다 갑니다. 같은 길이의 인생에서도 어떤 사람은 인생을 짧다고 느끼고 어떤 사람은 인생이 길다고 느낍니다. 짧다면 짧고 길다면 긴 인생에서 수많은 다양한 일들이 펼쳐집니다. 행복한 일, 불행한 일, 도전해야 할 일, 결단해야 할 일, 부탁해야 할 일, 거절해야 할 일, 걱정거리, 불안 등 수많은 일을 겪게 되지요.

인생에는 일기예보가 없습니다. 날씨는 예보를 통해 대비하게 하지만 인생은 지금 이 순간 바로 다음에 무슨 일이 일어날지 알 수 없습니다. 살다 보면 이 책에서 열거하는 주제와 같이 무수한 상황을 맞이하게 됩니다. 이것은 정도의 차이는 있겠지만 누구나 피할 수 없는 삶의 과정이지요. 변화무쌍한 세상에서 인생에 언제 어떤 일에 부닥칠지 모르지만, 삶에서 일어나는 보편적인 상황에 대하여 어떻게 대처할 것인지를 염두에 두고 살아가는 것은 삶의 지혜입니다.

삶에서 전개되는 각각의 상황은 마치 한 폭의 그림과도 같습니다. 사람들이 명화를 보고 감동하는 이유는 그 속에 삶과 인생이 녹여져 있기 때문이지요. 그림 속에서 그 그림을 그린 당시 화가의 인생을 엿볼 수 있지만, 누구나 겪고 겪을 수 있는 보편적인 인생 모습을 유추해 볼 수 있습니다. 그림을 통해 자신의 삶을 반추하면서 위로와 감동과 용기와 영감을 얻기도 하는 거지요. 이 책에는 세계적인 화가가 그린 그림들이 인생 키워드와 어우러져 있습니다. 명화를 감상하고 해석하는 문화 향기를 통해 삶의 지혜로 승화시키는 일은 독자 여러분의 몫입니다.

책 한 권이 운명을 바꿀 수 있습니다. 한 줄의 글귀에서 깨달음을 얻고 마음에 불을 지핀 열정적인 노력으로 인생이 달라질 수 있고, 힘든 상황에서 위안을 받아 마음의 평정으로 인생의 획을 바로 잡을 수 있습니다. 수많은 자료를 참고하면서 삶에서 우러난 생각을 농축시켜 끌로 바위에 글을 새기듯 쓴 책입니다. 사변적이고 이론적이 아니라 현실적인 처세를 강조했습니다. 삶의 지침서로 널리 사랑을 받을 수 있기를 간절히 기원합니다.

저자 윤문원

•• 차례

3장 쿼렌시아Querencia를 찾아서

4장 인생의 역동적 에너지

▲ 고흐 〈감자 먹는 사람들〉

제1장
살아가는 동안

ㅇ
—

고갱 〈우리는 어디서 와서 어디로 가는가〉

여기서 춤추어라 _삶

어떤 사람이 짐을 지고 가다가 신에게 "신이시여, 왜 제가 지고 있는 짐은 이리도 크고 무겁습니까"라고 불평했다. 그러자 신은 그를 짐이 산더미처럼 쌓여 있는 곳으로 데려가서 "네가 짊어지고 있는 짐이 무겁다고 하니 이 중에서 네 마음에 드는 것을 골라 바꾸도록 하라"고 했다

그는 기뻐하면서 가장 작고 가벼운 짐을 찾으려고 했지만 쉽지 않았다. 오랜 시간이 걸린 끝에 자신이 좋다고 생각한 짐을 고른 다음에 신에게 "이렇게 마음에 드는 작고 가벼운 짐으로 바꿀 수 있도록 허락해주셔서 감사합니다"라고 했다.

그러자 신이 빙그레 웃으면서 "네가 고른 그 짐을 자세히 보아라! 그 짐은 네가 종전에 지고 있던 바로 그 짐이다. 인생에서 다른 사람의 삶의 무게가 작고 가벼워 보일 수 있겠지만 누구나 나름대로 인생의 짐이 있기 마련이지. 각자 삶의 무게를 받아들이면서 열심히 살아가야 하는 거야"라고 했다.

삶이란 태어나서 죽음에 이르는 동안 행하거나 겪는 의미 있는 일들의 전체이다. 햇빛이 비치는 곳이면 그늘이 있듯이 삶에는 서로 반대되는 것들로 가득하다. 행복과 기쁨 뒤에는 불행과 슬픔이 있

▲ 타치아노 〈인간의 세 시기〉

삶이란 살아있는 동안 행하거나 겪는
의미 있는 일들의 전체이다

고, 태어남이 있는 곳에 죽음이 있다.

삶은 노력에 의해 의도대로 이끌어지기도 하겠지만 대부분의 경우에 상황과 변화에 따른 대응으로 결정된다. 그 상황은 조그마한 일에서부터 멀고 먼 이웃 나라에서 벌어지는 일까지 수많은 상황이 나비효과처럼 개인의 삶에 큰 영향을 미쳐 삶 자체가 송두리째 바뀌기도 한다. 그러므로 삶은 어떤 일이 생기느냐에 따라 결정되는 것이 아니라 상황에 대해 어떤 태도를 보이느냐에 따라 결정된다.

날씨를 미리 알려주는 일기예보는 있지만 인생에는 일기예보가 없다. 삶에는 지금 이 순간이 지나면 어떤 일이 펼쳐질지 알 수 없다. 하지만 분명한 것은 행복과 불행, 성공과 실패, 오르막과 내리막, 빛과 그늘이 있는 것이 삶이라는 것이다. 삶에서 빛을 구하고자 한다면 힘겨운 현실이라는 그늘을 직시하고 뛰어넘기 위해 용기 있게 전진해야 한다.

삶의 부조리란 소원이나 기대와 어긋나는 삶의 현실이 전개되는 상황이다. 자신이 예측할 수도, 알 수도 없는 우연에 의해 자신의 삶과 자신이 믿고 있던 가치가 흔들릴 때 사람은 인생이 무의미하다고 느낀다. 삶의 허무와 부조리를 인식한다는 것은 인간이 인간다워질 수 있는 기본 조건이다.

삶의 무의미함에서 벗어나는 방법은 삶의 부조리를 당당하게 받아들이는 자세다. 부조리에 절망하여 삶을 포기하거나 주어진 현실을 회피하거나 무조건 견디며 살아가서도 안 된다. 부조리함이 인간

▲ 마티스 〈삶의 기쁨〉

삶에는 행복과 기쁨 뒤에는 불행과 슬픔이 있고,
태어남이 있는 곳에 죽음이 있다

▲ 마티스 〈춤〉

삶의 현장인 여기서 뛰고 여기서 춤추어라

만이 느끼는 삶의 실존적 조건으로 생각하고 회피하지 말고 맞서야 한다.

삶은 물질적 조건과 밀접하게 결부되어 있다. 물질적 조건의 충족은 윤택한 삶을 가능하게 하지만 지나친 물질적 충족을 절제로 제한하지 않으면 삶은 황폐해진다. 탐욕과 소비주의 성향으로 가득 찬 소유 지향의 낡은 삶에서 진정한 창조적 삶과 기쁨을 공유하는 존재 지향의 삶으로 나아가야 한다.

가치 있는 삶을 위한 첫걸음은 '버리는 것'이다. 배가 바다로 나갈 때는 꼭 필요한 짐만 실어야 하듯이 지금 자신의 인생에서 불필요한 짐은 버려야 한다. 영원히 할 수 없는 것들을 꽉 붙잡고 놓지 않고 있다가 결국 삶을 망친다. 집착을 버린다면 인생의 참된 가치가 무엇인지 보일 것이다. 삶에서 잡동사니를 제거해야 한다. 주변에 고통스러운 기억을 불러일으키는 대상이 있다면 과감히 결별해야 한다.

인생은 먹는 것만으로는 만족할 수가 없다. 여타의 동물은 먹기 위해 살고 살기 위해 먹는다. 사람은 이상을 추구하며 산다. 이상을 추구한다는 것은 인간만이 누릴 수 있는 특권이다. 이상이라는 꿈을 그리며 살아야 한다. 이상은 실현의 가능성을 수반하는 사고 작용이다. 때와 여건은 언제라도 기대와 어긋날 수 있으므로 이상은 쉽게 이루어지지 않는다. 현실은 이상의 터전이다. 이상이 크다고 가치 있는 것은 아니다. 굳은 땅을 뚫고 오르는 이상의 새싹을 소중히 여겨 가꾸고 키워 실현시켜야 한다.

삶에 있어서 안주하지 않고 익숙해 있던 삶을 과감히 박차고 나와 새로운 세계로의 도전을 시도하는 태도가 있는 반면에 주어진 조건을 오히려 복된 것으로 여기면서 삶의 의미를 찾아 나가는 현실 적응의 태도가 있다. 주어진 삶의 조건 속에서 무엇이 의미 있는 삶의 길인가를 두고 고민하라.

인생이 짧다고 흔히들 말하지만 인생은 그리 짧은 것이 아니다. 살아가는 동안 별의별 일을 다 겪고 상상조차 할 수 없는 일을 겪기도 한다. 이러한 인생에서 우리가 펼쳐야 할 무대는 바로 살아가는 삶의 현장이다.

헤겔은 '여기서 뛰어라. 여기 장미가 있다. 여기서 춤추어라'라고 했다. 관념과 환상, 허구의 세상을 향해서 헛되게 시간과 정력을 낭비하지 말고 발을 딛고 선 지금 이곳에서 최선을 다해야 한다.

무엇이 운명을 가를까 선택

고대 철학자 소크라테스에게 제자들이 "인생이란 무엇입니까" 하고 물었다. 그러자 소크라테스는 제자들을 데리고 사과나무 밭으로 가서 "각자 가장 좋다고 생각되는 사과 하나씩을 골라 따오게. 선택은 한 번뿐이네"라고 했다. 제자들은 자신이 가장 좋다고 생각되는 사과를 하나씩 따 가지고 왔다. 소크라테스는 제자들에게 "자신이 선택한 사과에 만족하는가" 하고 물었다.

제자들이 서로의 사과를 비교하던 중에 한 제자가 "한 번만 더 사과를 고르게 해주세요. 사과밭에 막 들어섰을 때 정말 크고 좋은 걸 보았는데 더 크고 좋은 걸 찾으려고 따지 않았어요. 끝까지 와서야 처음 본 사과가 크고 좋다는 걸 알게 되었습니다"라고 했다. 그러자 다른 제자가 "저는 정반대였어요. 사과밭에 막 들어섰을 때 제일 좋다고 생각되는 사과를 따서 나오는데 나중에 더 좋은 게 있었어요. 한 번만 더 기회를 주세요"라고 말했다.

그러자 소크라테스는 "그것이 바로 인생이다. 인생에서 수없이 많은 선택의 갈림길에 서지만 기회는 한 번뿐이다. 선택의 책임은 자신이 져야 한다. 중요한 것은 한 번뿐인 선택이 완벽하길 바라는 것이 아니라 실수가 있더라도 자신의 선택 결과를 감당하는 일이다"라고 했다.

프랑스의 실존주의 철학자 장 폴 사르트르는 "인생은 B와 D 사이의 C이다"라고 했는데 B는 Birth(태어남)이고, D는 Death(죽음)이며 그 과정인 삶에 C인 Choice(선택)가 있다는 것이다. 삶은 곧 선택의 집합체이며 선택이 모여 인생이 된다.

인생은 선택의 연속이다. 어떤 옷을 입고, 무엇을 먹을 것인지와 같은 일상적이고 사소한 선택에서부터 어떤 학교에 진학할 것인지, 전공은 무엇을 할 것인지, 어떤 직업을 선택할 것인지, 누구와 결혼할 것인지, 자녀를 어떻게 양육할 것인지와 같은 인생에 중대한 영향을 미치는 선택이 있다.

종이 위에 여러 선을 세로로 그어놓고 중간마다 선과 선 사이를 가로로 여러 선을 그어놓은 다음에 그 중 세로로 그어놓은 선을 하나 선택하게 하는 '사다리 게임'을 해 본 적이 있는가? 선택한 선을 따라 내려가다 보면 마지막 도착점이 각각 달라진다. 이처럼 삶 앞에는 여러 다른 길들이 놓여 있고, 그중 하나의 길을 선택해야 한다. 인생에는 정답이 없으며 다만 선택이 있을 뿐이다. 선택으로 말미암아 삶은 수많은 방향으로 갈릴 수 있다.

인생은 주어지는 것이 아니라 선택하는 대로 사는 것이다. 운명을 결정하는 것은 한순간의 선택이다. 삶은 순간순간 내리는 선택으로 이루어진다. 인생의 향방은 아주 단순한 갈림길에서 갈라진다.

지금까지 살아온 오늘의 모든 것이 선택의 결과다. 오늘의 나의 운명은 자신이 지금까지 내린 수많은 선택이 만들어낸 것이다. 성공과 실패, 행복과 불행도 선택으로 현재에 이른 것이다. 지금 무엇을

인생에 그림이 찾아왔다

▲ 미켈란젤로 〈아담의 창조〉

태어남과 죽음 사이의 과정인 삶에는 선택이 있다

선택하고 붙잡느냐에 따라 행복과 불행이 갈린다. 좋은 씨앗이 좋은 열매를 맺듯이 좋은 선택이 좋은 결과를 낳는다. 좋은 선택으로 행복해지기도 하고 빗나간 선택으로 불행해지거나 후회하기도 한다. 크고 작은 선택들이 운명을 가른다. 선택이 운명을 결정함을 명심하고 제일 나은 선택을 해야 한다.

대학교 수학과 수업에서 교수가 칠판에 '2, 4, 8'이라고 적은 뒤 "바로 뒤에 적을 답은 무엇이라고 생각하는가?" 하고 학생들에게 물었다.

학생들은 앞다투어 손을 들고 대답했다.

"14입니다. 앞에서부터 더했습니다.", "제가 보기엔 수열 같습니다. 답은 16입니다.", "수열에 곱하기를 응용한 문제 같습니다. 답은 64입니다."

교수는 학생들의 대답을 모두 듣고 나서 말했다.

"모두 답을 구하는 데만 급급한 데, 중요한 것은 '문제의 내용이 무엇인가?' 하는 것이네. 그런데도 문제가 무엇인지 질문하는 학생이 왜 한 명도 없는 것인가? 문제를 모르는데 어떻게 답을 구할 수가 있겠는가?"

답을 구하기 전에 문제를 먼저 알아야 하듯이 올바른 선택을 하기 위해서는 선택해야 할 내용이 무엇인지 선택의 본질을 알아야 한다. 선택의 기준을 마련하고 그 선택을 했을 때 인생에 어떤 의미가

인생에 그림이 찾아왔다

▲ 고흐 〈가로수로 갈라진 거리〉

인생의 향방은 아주 단순한 갈림길에서 갈라진다

있는지를 생각해야 한다.

좋은 선택을 하기 위해서는 감정과 이성을 잘 조화시켜야 한다. 이성적으로 옳고 감정적으로 좋은 선택이 최상이다. 감정을 이성보다 우선해서는 안 된다. 이성적으로 판단했을 때 옳은 것을 선택하는 것이 올바른 선택인 경우가 많다.

인생에서의 선택을 우연이나 흘러가는 대로 맡겨서는 안 된다. 스스로 자신의 미래를 책임지고 인생을 값지게 만들어가야 한다. 선택의 능력은 학식이나 지성만으로는 충분치 않으며 좋은 분별력과 올바른 판단이 필요하다.

선택은 다른 사람이 아닌 자신의 몫이다. 올바른 선택을 위해서는 주어진 모든 선택에 대해 개방적인 태도를 보이고 융통성을 유지해야 한다. 새로운 시각으로 바라보면 남들이 간 길에서도 내가 갈 길이 보이고 옛길에서도 새길이 보인다. 좋은 선택을 하기 위해서는 현재 상황 파악과 미래 예측이 다각도로 이루어져야 하며 자료를 동원하여 불확실성을 최소화시켜야 한다.

인생에 그림이 찾아왔다

어떻게 더 빨리 달릴까 경쟁

 TV 〈동물의 왕국〉에서 아프리카 세렝게티 평원에서 벌어지는 동물들의 쫓고 쫓기는 모습을 본다. 사자는 가젤보다 빨리 달리지 않으면 굶어 죽고, 가젤은 사자보다 더 빨리 달리지 않으면 잡혀 죽는다. 뿔과 육중한 몸을 가진 들소들이 강한 이빨을 가진 사자들에 쫓기면서 사자에게 용감하게 돌진하여 몰아내기도 하고 죽임을 당하기도 한다.

 약육강식의 논리에 따른 동물들의 경쟁 양태와는 다르지만 인간 세상에도 치열한 경쟁이 벌어지고 있다. 인생은 연속적인 경쟁의 과정이다. 재화는 한정되어 있어 경쟁은 불가피하며 피할 수 없는 현실이다. 세상은 법과 제도의 틀 속에서 무한 경쟁이 펼쳐지는 곳이다.

 경쟁은 현대 사회의 근본적인 작동 원리로서 발전의 원동력이며 견인차다. 경쟁을 통해 개인이 욕망을 추구하면서 사회가 발전하고 유지된다. 경쟁은 학습과 업무 효율을 끌어올려 생산력과 부를 증대시키고 효율적인 분배를 가능하게 한다. 경쟁이 있어야 활력이 있고 발전도 있다는 것을 인식하고 경쟁을 긍정적으로 받아들여야 한다.

▲ 쿠르베 〈레슬러들〉

인생은 연속적인 경쟁의 과정이다

하지만 경쟁 원리는 부정적인 면도 만만치 않다. 경쟁은 승자와 패자가 있어 사회적 위화감이 조성되며 독점과 불평등은 단순한 개인의 문제를 벗어나 공동체의 양극화를 불러온다. 또한 경쟁 사회는 어떤 기준에 따라 사람들을 평가하기 마련이므로 개개인이 가지고 있는 다양한 잠재적 능력과 소질을 사장시킬 위험이 있으며 빈부격차, 인간소외, 환경오염 등의 문제를 발생시킨다.

삶에서 남과 경쟁하는 것은 불가피하지만 때로는 남과의 경쟁에서 벗어나 자신과 경쟁해야 한다. 자신과의 경쟁은 자신이 누구인지를 발견하고 자신의 잠재력을 최대한 발휘하는 것이다. 과거의 자신보다 더 나은 경쟁력을 갖추기 위해 내면의 거울에 자신을 비춰서 반성하고 성찰하는 자세를 꾸준히 유지해야 한다.

인생이라는 마라톤의 참된 의미는 순위 다툼이 아니라 자신과 싸워 자신의 역량을 최대한 발휘하는 데 있으므로 끊임없이 다음과 같이 자문자답하면서 살아가야 한다. '남보다 나은 경쟁력을 갖추기 위해 노력하고 있는가?' '더욱 나은 실력을 쌓기 위해 자신과 싸움을 하고 있는가?' '자신의 한계를 넘어서기 위해 몰입하고 있는가?'

조선 세종 때 정갑손은 여러 요직을 거친 강직하고 청렴한 관리였다. 그가 함경도 관찰사로 근무할 때 임금의 부름을 받고 며칠 관헌을 비운 후에 돌아와 부재중에 있었던 일에 대한 여러 보고서를 결재하다가 한 보고서를 보자마자 그 보고서와 관련된 책임자를 불러 호통을 치는 것이었다.

그것은 그가 자리를 비운 사이에 치른 고을 관리를 뽑는 시험의 합격자 명단이었는데 실력이나 능력이 안 되는 자기 아들 이름이 올라와 있었기 때문이었다. 아버지가 없는 사이 시험을 치른 관찰사의 아들을 차마 낙방시킬 수 없어 합격자 명단에 올렸던 것이다. 관찰사 정갑손은 담당 시험관을 문책하고 합격을 취소하며 말했다.

"평소 내 아들이 학업에 충실하지 않음은 내가 잘 아는데 어찌 요행으로 시험에 합격시킬 수 있겠는가. 자네도 시험을 통해 그 사실을 알 텐데 이는 직무를 위반한 것이다."

경쟁은 공정해야 한다. 공정한 경쟁이란 조건이 같아야 하며 경쟁 과정뿐 아니라 능력의 차이를 고려하여 합리적으로 조정되어야 한다. 규칙이 없거나 규칙이 무너진 경쟁은 착한 경쟁이 아니다. 경쟁자들이 결과를 합당하게 받아들일 수 있는 경쟁의 규칙을 만들어 작동되어야 한다.

경쟁이 과열해지면 공정한 경쟁을 하겠다는 마음보다는 경쟁 논리에 휩싸인다. 과정은 무시하고 결과에 치중하여 승자를 가리는 경쟁은 정당한 경쟁이 아니라 힘에 의한 강자만이 살아남는 막가파식 경쟁이다. 아무리 현대 사회가 결과를 중요시한다고 해도 무조건 이기고 보자는 식의 경쟁을 해서는 안 된다.

경쟁이란 상대를 이기는 걸 의미하는 것만은 아니다. '경쟁'이 '함께 추구한다'는 뜻을 내포하는 어원처럼 경쟁을 통해 함께 발전하고

▲ 제리코 〈엡섬에서의 경마〉

경쟁이 있어야 활력이 있고 발전도 있다

▲ 김홍도 〈씨름〉

공정한 경쟁의 규칙을 만들어 정정당당한 경쟁이 되어야 한다

상호 협력의 원리가 작동되어야 함을 명심하고 '착한 경쟁'을 펼쳐야 한다. 착한 경쟁이란 상대방을 밟고 올라서는 게 아니라 안고 올라가는 것이다.

인간은 사회적 동물로서 다른 인간과 함께 살아가지 않으면 안 되는 존재다. 경쟁의 궁극적인 목적은 개인의 행복과 사회 발전의 추구이므로 더불어 사는 공동체 사회에서 개인의 행복이 이루어지도록 노력해야 한다.

욕망의 빛과 그늘 돈

옛날 중국의 어느 마을에서 돈을 최고의 가치로 여기는 한 부자가 죄를 지어 재판을 받게 되었다. 재판관은 재판하고 나서 세 가지 벌 중에서 한 가지를 선택하게 했다. 첫 번째 벌은 벌금으로 은 50냥을 내는 것이고, 두 번째 벌은 채찍 50대를 맞는 것이며, 세 번째 벌은 생마늘 50통을 먹는 것이었다. 부자는 돈을 내는 것이 아까웠고, 채찍을 맞는 것도 아플 것 같아서 마늘을 먹겠다고 했다.

하지만 생마늘을 먹기 시작하자마자 매워서 눈물을 흘렸고 창자가 뒤틀리며 몸이 부들부들 떨렸다. 부자는 채찍을 맞는 것으로 바꾸겠다고 했다. 집행관이 옷을 벗기고 긴 의자에 엎드리게 한 다음에 채찍으로 등을 때리자 부자는 고통스러운 소리를 지르면서 외쳤다. "은 50냥을 내겠습니다!"

돈은 삶의 영양소이자 윤활유이지만 탐닉하면 탐욕, 부정부패와 같은 악습이 나타난다. 악의 뿌리는 돈 그 자체가 아니라 돈에 대한 집착이다. 돈이 삶의 목적이 되면 노예처럼 돈에 종속되면서 너그러운 삶과 행실을 갖지 못하고 돈을 쫓아다닌다. 돈은 짠 바닷물과 같아서 마시면 마실수록 목이 더 마른 것처럼 돈을 가지면 가질수록

▲ 라 투르 〈사기꾼〉

사기나 살인 등 온갖 범죄의 근원도
돈 때문인 경우가 대부분이다

더욱더 많은 돈을 갈구하게 된다. 돈에 종속되거나 노예가 되지 않으려면 가진 돈에 자족하면서 검약해야 한다.

수많은 사람이 자살에 이르고 있다. 대통령에서부터 서민에 이르기까지 다양한 사람이 부정부패를 저질러 곤욕을 치르고 있다. 사업 실패로 자살에 이르고 권력이나 명예가 한순간에 추락하고, 가정불화나 사기나 살인에 이르기까지의 온갖 범죄의 근원도 '돈'이라는 욕망의 응달이 자리 잡고 있는 경우가 대부분이다.

삶과 돈은 불가분의 관계이다. 사랑과 평화와 같은 삶의 가치도 돈에 의해 좌우되는 경우가 적지 않다. 돈을 통해 인간 행위가 저울질 되고 인간관계가 규정된다. 심지어 부모와 자식 사이, 형제자매 사이에도 재산분할 등 돈 때문에 갈등과 분쟁을 일으킨다.

워렌 버핏과 골프를 치게 된 지인이 버핏에게 "이번 라운딩에서 당신이 홀인원 하면 내가 10,000달러를 주고, 하지 못하면 당신이 2달러만 나에게 주는 내기를 걸면 어떻겠습니까" 하고 제안했다.

하지만 버핏은 고개를 저으며 "하지 않겠습니다. 나는 확률이 거의 없는 데는 돈을 쓰지 않습니다"라고 하자 지인은 "재미로 고작 2달러를 거는 것인데 왜 거절하십니까"라고 반문했다.

그러자 버핏은 "2달러를 소홀하게 생각하고 함부로 쓰는 사람은 억만금도 소홀하게 생각하고 날려버릴 수 있습니다. 이길 확률이 없는데 요행을 바라는 것은 투기꾼이나 할 짓이지 투자가가 할 일이 아니지요"라고 응수했다.

▲ 콜비츠 〈빈곤〉

가난은 단지 불편한 것이 아니라 일종의 재난이다

돈은 교환수단이나 축적수단 이상의 복합적 의미를 지닌다. 돈은 힘의 원천이며 위력은 엄청나므로 적은 돈이라고 해서 함부로 쉽게 생각해서는 안 된다. 개인뿐만 아니라 국가의 경쟁력도 경제력에 달려있다. 돈은 인간이 필요로 하는 각종 재화를 가질 수 있게 해주어 편안함과 행복한 생활을 영위하게 하는 필요조건이다.

돈이 없으면 하루도 제대로 살 수 없다. 돈은 문화적인 생활을 누리게 해주며 원하는 일을 가능하게 해주는 기초적인 수단이다. 돈이 삶의 목적은 아니지만 행복한 삶을 실현하는 데 있어서 필요한 것임은 틀림없다.

돈의 과다로 인하여 인격적 가치나 노력과 무관하게 부자와 빈자가 규정되고 상반된 생활을 하고 있다. 가진 자들은 과소비에 탐닉해 있고 가지지 못한 자들은 굶주림에 허덕이며 제대로 치료를 받을 수 없어 고통에 시달리고 있어 빈부격차에 따른 사회 격리 현상이 심화되고 있다.

가난은 단지 불편한 것이 아니라 일종의 재난이며 내리누르는 짐으로 인간이 행복을 누리는 데 있어서 큰 적으로 간주된다. 가난은 자유를 파괴하고 미덕의 실천을 어렵게 만들며 인간을 무기력하게 만든다. 가난하다는 것은 비참한 일이므로 정당한 모든 수단을 동원해서 가난을 피해야 한다.

어느 마을에 재산이 엄청나게 많으면서도 오두막에 살면서 악착같이 돈을 모으기만 하던 노인이 있었다. 그는 자신의 전 재산을 황

금으로 바꾸어 보관하기로 마음먹고 금덩어리를 돌덩어리로 보이게 하려고 시커멓게 칠하여 마당 한구석 땅속에 묻었다. 그리고는 매일 금덩이를 파내어 흐뭇하게 바라보고는 다시 파묻는 것이 유일한 일과이자 즐거움이었다.

그러던 어느 날, 땅속에 묻어둔 금덩이를 누군가 감쪽같이 훔쳐 가 버린 것을 알고는 대경실색하여 "아이고! 돌덩어리처럼 색칠해서 땅에 묻어둔 내 금덩이를 도둑맞았다"고 하면서 동네방네 돌아다녔다. 이런 모습을 지켜본 마을에서 아이들을 가르치는 선생님이 노인을 찾아가서 "어르신을 위해 준비한 물건이 있으니 이걸 보고 마음을 푸시기 바랍니다"라고 했다.

그리고는 시커먼 돌덩이 여러 개를 건네며 어리둥절한 노인에게 말했다. "자신을 위해 쓸 것도 아니고 남을 위해 쓸 것도 아니고 그저 묻어 놓기만 할 것이라면 금덩어리가 돌덩어리와 다를 게 무엇이 겠습니까? 이것을 묻어두고 금덩이라 생각하고 마음을 다스렸으면 좋겠습니다."

인간의 품성은 돈을 어떻게 쓰느냐에 잘 나타난다. 관대함, 자비심, 공정함, 정직함, 준비성은 돈을 잘 쓰는 결과이다. 반대로 탐욕, 인색함, 무절제, 방탕함은 돈을 잘못 쓰는 데서 비롯된다. 돈을 올바로 사용할 수 있는 능력은 훌륭한 자질이다. 돈을 벌고, 쓰고, 저축하고, 남과 주고받고, 빌려주거나 빌리고, 후손에게 물려주는 기준과 방식을 올바르게 확립해야 한다.

▲ 마시 〈대금업자와 아내〉

돈을 우상으로 받들지 않고 삶의 질을 높이기 위한
수단으로 생각해야 한다

돈은 수단이지 목표가 아니므로 인생에서 돈으로 살 수 없는 귀중한 어떤 것을 잃어버려서는 안 된다. 돈을 인생의 목적으로 생각하고 돈을 벌기 위해 수단과 방법을 가리지 않는 비인간화의 길을 걸어서는 안 된다. 돈을 우상으로 받들지 않고 생활을 위해 필요하며 삶의 질을 높이기 위한 유용한 수단으로 생각하고 잘 활용해야 한다.

입속의 보검과 비수 말

　지혜로운 하인 요리사에게 주인이 어느 날, "손님을 초대하려고 하니 세상에서 제일 좋은 요리를 만들라"고 명령했다. 요리사는 시장에 가서 짐승의 혓바닥만을 사서 온통 혓바닥 요리를 만들었다. 주인이 어떻게 된 일이냐고 꾸짖자, 요리사가 "세상에 혀보다 더 좋은 것이 있습니까? 인간은 혀가 있어서 말을 할 수가 있고, 또 지식을 전달하고 교양을 높일 수 있는 것이 아니겠습니까"라고 대답했다.

　말문이 막힌 주인은 다음날 다른 손님을 초대하기로 하고 이번에는 "제일 나쁜 요리를 만들라"고 했다. 그러자 이번에도 전날과 똑같은 요리가 나왔다. 화가 난 주인에게 요리사는 "혀는 모든 말싸움의 근원입니다. 다툼의 어머니죠. 그뿐 아니라 거짓말과 중상모략의 그릇이란 말입니다"라고 말했다.

　입속의 혀는 보검이나 비수다. 잘 쓰면 도구이지만 잘 못 쓰면 흉기이다. 시퍼렇게 날이 선 칼과 같은 혀를 정말 잘 써야 한다. 혀는 어떻게 사용하느냐에 따라 약이 될 수도 있고 독이 될 수도 있다. 말을 어떻게 하느냐에 따라 천 냥 빚을 갚을 수도 있고 남에게 미움을 받을 수도 있다. 말 한마디가 힘든 사람의 마음에 불을 지필 수도 있고 상대방에게 비수가 될 수도 있다. 지혜로운 말은 마음을 통

▲ 고흐 〈브레튼 여성들〉

내가 하는 말이 공개될 수도 있음을 전제로 하여
신중하게 말해야 한다

합시키고 용기를 갖게 하지만 잘못된 말은 분노와 불신을 불러일으켜 절망에 빠뜨린다.

사람의 혀는 야수와 같아서 고삐가 풀리면 묶어두기가 어렵다. 칼에 찔린 상처는 쉽게 나아도 말에 찔린 상처는 낫기가 어렵다. 말 한 마디 때문에 일순간에 나락으로 떨어진다. 내뱉은 말을 다시 주워 담을 수 없어서 평생 계속될 수치스러움이 한순간에 일어날 수 있다. 아무리 사소한 말이라도 신중하게 해야 한다.

귀는 닫도록 만들어지지 않았지만 입은 언제나 닫을 수 있게 되어 있다. 입에는 문이 달린 것이 좋다. 현명한 사람의 입은 마음에 있어 생각을 마음에 감추지만 어리석은 사람의 마음은 입에 있어 생각을 무심코 내뱉는다. 불쑥 말해 버리는 사람은 여무는 것이 없어 내면은 비어있다. 말을 너무 적게 해서가 아니라 너무 많이 해서 후회한다. 때로는 침묵이 가장 좋은 대답이 될 수도 있다.

소크라테스가 사는 마을에 남의 이야기를 좋아하는 청년이 있었다. 어느 날 소크라테스가 마을 앞 나무 밑에서 쉬고 있는데 그 청년이 휘파람을 불면서 나타났다. 소크라테스는 그가 헛소문을 퍼트리고 다녀서 여러 마을 사람이 곤란에 처하는 것을 알고 만난 김에 그에게 가르침을 주고자 했다.

소크라테스를 본 그는 다가와 인사를 하더니 이야기를 꺼내었다. "선생님! 윗마을에 사는 착하다고 소문난 필립이 이런 일을 저질렀어요." 이때 소크라테스는 그의 말문을 막고 말했다. "먼저 이야기를 하기 전에 세 가지를 생각해 보게. 첫 번째는 지금 하려는 이야기가 사실이라는 증거가 확실하나?"

그러자 그는 머뭇거리며 "증거가 있는 것이 아니라 그저 들은 이야기입니다"라고 하자 소크라테스는 다시 그에게 물었다 "두 번째는 하려는 이야기가 사실인지 모른다면 최소한 좋은 내용인가?" 그는 겸연쩍어하면서 "별로 좋은 내용이 아닙니다"라고 대답하자 소크라테스는 마지막으로 물었다. "그렇다면 세 번째로 하려는 이야기가 꼭 필요한 것인가?"

그는 풀이 죽은 목소리로 "꼭 필요한 것은 아닙니다"라고 대답했다. 소크라테스는 그에게 "그렇다면 사실인지 아닌지 확실한 것도 아니고 좋은 것도 아니고 필요한 것도 아니면 무슨 말 할 가치가 있는 것인가?"

대화하려고 할 때는 하려는 말이 사실인지, 유익한 내용인지, 필요한 이야기인지 세 가지를 먼저 생각해야 한다. 혼자 떠벌여 다른 사람들의 입을 꽉 다물게 해서는 안 되며 자기 차례가 오면 말하는 것이 공평하다. 대화의 주제가 무엇인지 파악해야 한다. 중요한 대화라면 진지하게 말해야 하며 유머라면 재치가 있어야 한다. 분노나 탐욕, 무례나 나태한 태도가 표출되지 않도록 해야 하며 대화를 나누는 사람을 존중하고 있음이 드러나야 한다.

입 '구(口)' 3개가 모이면 '품(品)' 자가 된다. 사람의 품격은 입에서 나온다는 뜻이다. 적절한 단어와 내용, 화술로 말을 해야 품격 있는

▲ 조르조네 〈세 명의 철학자〉

하려는 말이 사실인지, 유익한 내용인지, 필요한 이야기인지를
먼저 생각해야 한다

사람이 된다. 말을 다스리는 능력을 갖춰야 사람을 움직일 수 있고 꿈을 실현할 수 있다.

'낮말은 새가 듣고 밤말은 쥐가 듣는다'는 속담이 있다. 비밀은 결국 지켜지지 않는다는 뜻으로, 늘 말조심을 해야 함을 비유적으로 이르는 말이다. 삼사일언(三思一言)은 '세 번 생각하고 말은 한 번 한다'는 뜻으로 말하기 전에 여러 각도에서 고려하여 생각한 다음에 말을 하라는 의미이다. 내가 하는 말이 스마트폰에 녹음되어 공개될 수도 있음을 전제로 신중하게 말해야 한다.

말은 행복의 문을 여는 중요한 열쇠다. 자신이 말한 것을 가장 먼저 듣고 가장 깊이 있게 듣는 사람은 바로 자신이다. 두뇌는 자신이 말한 언어를 의식 속에 넣어 삶에 반영시킨다. 내가 자주 하는 말이 내 인생을 만든다. 어떤 말을 하느냐에 따라 사고가 형성되고 행동하게 되고 인생이 된다. 성공한 사람은 긍정적이고 적극적인 말을 한다. 행복한 인생을 위해서는 긍정적인 언어를 사용해야 한다.

어떻게 마음을 얻을까 소통·공감

　길을 가다가 가고자 하는 길을 물어보면 사람에 따라 다르게 대답한다. 술을 좋아하는 사람은 "저쪽 코너에 호프집이 있고 거기서 왼쪽으로 100m 정도 직진하면 됩니다." 목사에게 물어보면 "여기서 100m쯤 가다가 왼쪽으로 가면 교회가 보이고 거기서 50m를 더 가면 됩니다."

　'+'가 그려진 카드를 수학자에게 보여주면 '더하기'라고 하고 산부인과 의사는 '배꼽'이라고 하고 목사는 '십자가'라 하고 교통경찰은 '사거리'라고 할 것이다.

　사람은 자신의 관점에서 사물을 바라보거나 판단하기 쉽다. 타인의 관점이 자신의 관점과 다를 뿐인데도 종종 틀린 것으로 여긴다. 그러므로 나와 다르다고 상대를 외면하거나 비판할 것이 아니라 다름을 인정하고 존중해야 한다.

　삶의 모든 일은 사람과의 관계에서 마음을 얻어야 이루어진다. 사람의 마음을 움직이기란 결코 쉬운 일이 아니다. 각양각색의 마음과 순간에도 수많은 생각이 떠오르는데 바람 같은 마음을 머물게 한다는 건 정말 어려운 일이다.

　인간관계에서도 성격과 말하는 방법, 행동이 서로 다르다 보니 의

사소통에 문제가 자주 생긴다. 의사소통 능력을 키우기 위한 전제는 나의 상식과 사용하는 말의 뜻이 상대방과 다를 수 있다는 점을 인정해야 한다.

상대방의 입장에서 사안을 바라보면서 상대방의 생각을 이해하는 데서 출발해야 한다. 자신의 마음을 먼저 열고 상대방을 공감시키는 것이 중요하다. 상대방의 마음을 사로잡는 말을 해야 한다. 듣기 좋은 소리보다 가슴을 흔드는 마음에 남는 말을 해야 하며 '뻔'한 이야기보다 재미있는 '펀(fun)'한 이야기를 해야 한다.

소통에서 범할 수 있는 최대 실수는 자신의 견해와 감정 표현에 최우선 순위를 두는 것이다. 자기 생각을 전달하는 것도 중요하지만 상대방의 생각을 들어주고 이해하고 존중해주어야 한다.

소통에서 말하는 '1:2:3의 법칙'은 하나를 말하고 둘을 듣고 셋을 맞장구치라는 것이다. 맞장구는 대화의 하이파이브로 상대방의 말에 귀를 기울이면서 동조함을 나타내어 깊은 유대감과 공감을 형성한다. '맞장구'도 상황에 맞게 해야 하며 과장하거나 건성이 아니라 진심을 담아서 해야 한다.

소통 능력을 키우려면 다양한 경험과 독서를 통한 식견과 포용력을 길러야 한다. 논리적이고 적절한 비유, 감성적 언어, 유머를 융합한 언어 구사가 필요하다. 말에 진정성을 담으면서 정곡을 찌르는 촌철살인의 언어를 구사한다면 단순한 소통 능력을 넘은 공감 능력을 보여주게 된다.

▲ 고갱 〈설교 후의 환영〉

소통은 상대방의 입장에서 사안을 바라보고
이해하는 데서 출발한다

1962년 미국의 법무장관 로버트 케네디가 일본 와세다대학교를 방문하여 강연했을 때의 일이다. 당시 일본에서는 반미 감정이 매우 높았는데 케네디는 그 사실을 알고 있었기에 말 한마디 한마디를 매우 조심스럽게 했다. 냉담한 분위기에서 강연을 마친 케네디가 강단에서 내려오자 일부 학생들이 욕설을 퍼부으며 "양키 고 홈! 양키 고 홈!"을 외쳤다.

케네디는 당황하지 않고 잠시 생각에 잠기더니 다시 강단에 올라갔다. 마이크를 잡은 케네디는 학생들을 향해 "내가 아는 노래가 하나 있는데 한 곡 부르겠으니 양해해 달라"고 말했다. 그의 예상치 못한 행동에 학생들은 당황스러워했다.

케네디의 낮지만 진중하게 부르는 노래 한 소절이 흘러나오자 갑자기 분위기가 숙연해지고 야유를 퍼붓던 학생들은 어느새 하나둘 그의 노래를 따라 부르기 시작했다. 강당은 한 목소리가 되어 부르는 노랫소리로 가득 찼다. 케네디가 부른 것은 바로 와세다대학교 교가였다. 와세다대학교 학생들을 위해 준비한 노래는 그의 백 마디 연설보다도 강했고 학생들의 가슴에 커다란 공감을 일으켰다.

공감대를 형성하기 위해서는 상대방에 대해 관심을 가지고 어떤 사람인지, 어떤 상황에 놓여 있는지, 무슨 생각을 하고 있는지를 알고 이해해야 한다. 서로를 믿지 못하는 상태에서는 공감대가 형성될 리 없다. 신뢰는 상대방에 비치는 삶의 태도, 말이나 행동, 마음씨가 결정한다. 신뢰를 확보하기 위해서는 약속을 지켜야 하고 공정하

▲ 오노레 도미에 〈대화하는 세 변호사〉

공감대 형성은 상대방에 대한 이해와 신뢰의 바탕 위에서
상호 솔직해야 한다

고 따뜻한 행동으로 믿을 만해야 한다.

　상대방에 대한 이해와 신뢰를 바탕으로 상호 솔직해야 한다. 상대방이 솔직하지 않다고 느끼는 상황에서는 공감대가 형성되지 않으므로 솔직하게 대화해야 한다. 먼저 상대방의 의견을 경청하고 의도를 분명하게 인지해야 한다. 그런 다음에 자신의 의견을 숨기지 말고 구체적으로 말하고 이해했는지를 확인한다. 이렇게 자신이 마음의 문을 열면 상대방도 마음의 문을 열어 공감대가 형성된다.

　공감대 형성은 태도가 결정적인 작용을 하기도 한다. 겸손한 자세로 상대방의 입장이 되어 정서를 이해하고 문화나 취미에 대해 배려하면 금방 공감대가 형성되기도 한다. 상대방에 대하여 진정으로 관심이 있다는 사실을 깨닫게 해주면서 감동을 주기 때문이다. 상대방과 공감하려면 먼저 그의 진실한 친구라는 것을 느끼게 해야 한다. 그래야 상대방의 마음을 사로잡을 수 있다.

인생의 중요한 길목 부탁·거절

　사회에 갓 진출한 청년이 부탁할 일이 생겼다. 누구에게 부탁할 것인지를 이리저리 생각하던 중에 소위 말해 출세한 선배가 생각이 났다. 부탁거리는 공개되더라도 법적으로나 도덕적으로 아무런 문제가 없는 일이었다.

　하지만 막상 부탁하려고 하니 망설여졌다. 약간의 자존심도 발동되고 행여나 거절을 당하면 인간관계에 금이 가지 않을까 하는 두려움이 있었지만 용기를 내어 부탁했다. 다행히 부탁한 일이 성사되고 그것이 계기가 되어 승승장구하는 인생을 살고 있다.

　어떤 사람은 들어줄 수 있고 들어줘도 괜찮은 부탁을 누군가에게 하여 인생의 전기를 마련하여 크게 성공하는가 하면, 어떤 사람은 망설이다가 부탁하지 않아 자신이 하고자 하는 일을 이루지 못하고 뒤처진 인생을 살기도 한다. 어떤 사람은 들어주면 안 되는 부탁을 거절하지 못하여 부정부패에 연루되는 등 법적·사회적으로 문제가 야기되어 인생이 나락으로 떨어지기도 한다. 부탁할 줄 알고 거절할 줄 아는 것은 인생의 위대한 규칙이다. 부탁해야 할 때 부탁하고 거절해야 할 때 거절해야 한다.

　사람은 도움 속에 살아가는 존재로서 도움을 받고 도움을 주면서

▲ 르누아르 〈뱃놀이에서의 점심〉

5분 동안 자존심 상하면서 부탁하는 것으로도
나중에는 평생 자존심이 상하지 않을 수 있다

살아간다. 부탁하고 신세를 지며 사는 것이 인생이다. 누군가에게 도움을 청해야 할 때 부탁하며 살아갈 줄도 알아야 한다. 부탁하는 것은 주위에 누군가가 있다는 뜻이며, 사람과 사람 사이에 끈끈한 정이 흐르고 있다는 증거다.

부탁하여 신세를 진다는 것은 어려운 일이다. 부탁하는 사람은 5분 동안 자존심이 상할 수도 있지만 부탁하지 않는 사람은 평생토록 자존심이 상할 수도 있다. 부탁하면 최소한 원하는 것을 얻을 기회라도 주어지지만 부탁하지 않으면 그 기회조차 주어지지 않음을 명심해야 한다. 목표를 이루고자 하는 사람은 부탁에 익숙해 있다. 거절당할 것이 두려워 부탁하는 것을 주저하지 말아야 한다. 용기를 내어 문을 두드리면 문이 열릴 것이다.

부탁하는 자세가 중요하다. 자존심을 내세우지 말고 마음을 열어 놓아야 한다. 공손한 표현이 상대방의 마음을 움직이므로 상대방을 높이고 자신을 낮추는 태도가 필요하다. 간절하게 부탁하는 인간미 넘치는 말을 해야 한다. 사람은 인정과 의리를 중시하기 때문에 딱딱한 원리 원칙을 줄줄이 늘어놓는 것보다 인간적인 면으로 호소하는 것이 낫다.

부탁은 하되 하소연은 하지 말아야 한다. 하소연은 명망을 해치며 하소연해도 동정하지도 않고 힘이 되어 주지도 않으며 난처하고 당황해할 뿐이다. 입에서 하소연이 나오려 할 때 입 밖에 낸 하소연 중에서 해결된 것이 있는지 생각해 보면 아마도 허무함만이 기억될 것이다.

결코 부탁하지 않아야 하는 것들이 있다. 법적으로 문제가 될 소지가 있거나, 도덕적으로 비난을 받을 수 있는 일이거나, 부탁을 받는 사람이 곤란에 처할 수 있는 일 등이다. 이런 일을 부탁하여 거절을 당하면 부탁을 들어주는 것은 고사하고 서로의 관계가 난처해질 수 있다. 더욱이 앞으로 부탁할 일이 생겨도 부탁할 수 없게 된다.

행정고시에 합격하여 30여 년 동안 근무한 고위 관료를 평소 알고 지내던 사람이 사건을 저질러 구속 수사를 받았다. 수사받는 과정에서 고위 관료에게 부정한 청탁을 하고 뇌물을 준 사실이 드러났다.

결국 고위 관료는 뇌물 받은 죄로 구속되어 재판을 받고 실형을 살면서 상당 기간 수감 생활을 했고 공직에서 파면되어 불명예 퇴직을 하였으며 공무원 연금 수령액도 감액을 감수해야 했다.

거절은 승낙만큼 중요하다. 거절할 줄 모르는 사람은 자물쇠 없는 금고와 같다. 거절하지 못해 낭패를 보는 사람이 부지기수이다. 승낙할 것인가 거절할 것인가를 선택하기 전에 법적으로 문제가 없는지, 나중에 공개되더라도 괜찮은지, 해낼 수 있는 일인지, 해야 할 가치가 있는지를 판단해야 한다. 부적당한 일에 몰두하는 것은 귀중한 시간을 좀먹는 일이다. 남이 자신에게 부당한 일을 강요할 수 없도록 사려 깊지 않으면 패가망신한다, 거절을 두려워 말고 거절해야 할 때는 상대방이 납득할 만한 사유를 들어 거절해야 한다.

▲ 레핀 〈아무도 반기지 않았다〉

행복의 비결은 거절해야 하는 일에 거절하는 것이다

거절하지 못해 하지 말아야 할 일을 하게 되면 적절하지 못한 사안에 말려들게 된다. 행복의 비결은 불필요한 일에서 자유로워지는 것이다. 일이 아닌 것을 일거리로 만들지 마라. 현명한 사람은 거절해야 할 일은 거절함으로써 복잡한 일에 말려들지 않는다. 행복의 기술은 하지 말아야 할 일을 하지 않는 것이다.

처음부터 단호하게 거절하는 것은 현명한 태도가 아니다. 즉석에서 물리쳐서는 안 된다. 생각을 거친 후에 할 수 없는 일이라고 판단되면 거절의 말을 상대방이 납득할 수 있도록 설명하되, 최대한 빨리 알려주어야 한다. 승낙하지 못한 미안함을 정중함으로 메워야 상대방과 사이가 멀어지는 것을 막을 수 있다. 거절할 용기도 있고, 현명하게 거절하는 방법을 알고 있다면 뛰어난 처세의 소유자다.

운명을 키우는 힘 생각

마르쿠스 아우렐리우스는 이런 말을 남겼다.

"사람의 일생은 그 사람이 무슨 생각을 했는지를 말해 준다."

사람은 매일 아침 마음대로 쓸 수 있는 무한한 힘인 생각을 스스로 선택하는 능력을 갖추고 깨어난다. 누구도 무엇을 어떻게 생각해야 하는지 가르쳐 주지 않으며 스스로 무슨 생각을 할 것인지 결정해야 한다.

매일 매일의 생각에 의한 행동이 자신의 삶을 결정한다. 마음에 심은 생각의 씨앗은 행동으로 꽃이 피고 열매를 맺는다. 가진 모든 것, 삶의 모든 상황과 환경은 생각을 통해 이루어 낸 결과이다. 생각이 미래를 결정한다. 오늘은 어제 생각한 결과이며 내일은 오늘 무슨 생각을 하느냐에 달려 있다.

세상에 절대적인 것은 없으며 생각이 만들어낸 결과이다. 모든 것은 생각이 앞서가고 생각이 이끌어가고 생각으로 이루어진다. 아무리 커다란 건물이라 할지라도 머릿속에서 형체가 그려진 다음에 건물을 짓는다. 현실이란 곧 생각의 그림자에 불과하다. 인생도 생각에 따라 이루어진다.

생각이 없으면 살아있어도 살아있다고 할 수 없다. 마음이란 생각이 쌓여 이루어진다. 마음속으로 무엇인가를 결정했다면 감정도 그 결정에 따른다. 행복한 생각을 하면 행복해지고 사랑을 생각하면 따뜻한 사랑을 느낀다. 행복과 불행, 사랑과 미움, 긍정과 부정은 마음에 달려 있다. 마음을 점령하고 감정을 변화시키려고 한다면 마음을 지배하고 있는 생각을 바꾸어야 한다.

셰익스피어는 이런 말을 남겼다.
"세상에는 좋은 것도 나쁜 것도 없다. 단지 생각에 따라 좋고 나쁨이 결정된다."

운명은 고정되어있지 않고 살아 움직인다. 운명은 생각에 따라 달라진다. 좋은 생각은 좋은 열매를 맺고, 나쁜 생각은 나쁜 열매를 맺는다. 어떻게 생각하고 어떻게 행동하느냐에 따라 운명이 달라진다. 그러므로 삶을 변화시키고 싶다면 생각 자체를 바꿔야 한다.

강한 생각은 강한 사람을 만든다. 약한 생각은 약한 사람을 만든다. 목적을 가진 생각은 목적을 가진 사람을 만든다. 공상적인 생각은 공상적인 사람을 만든다. 용기 있는 생각은 용기 있는 사람을 만든다. 겁 많은 생각은 겁 많은 사람을 만든다. 확신 있는 생각은 확신 있는 사람을 만든다. 무기력한 생각은 무기력한 사람을 만든다. 성공적인 생각은 성공하는 사람을 만든다. 실패하는 생각은 실패하는 사람을 만든다.

같은 생각을 여러 번 반복하면 습관으로 굳어진다. 성격도 생각하

▲ 로댕 〈생각하는 사람〉

매일 매일의 생각에 의한 행동이 자신의 삶을 결정한다

는 방향으로 바뀐다. 생각을 원하는 방향으로 바꾸고 그 상태를 단단히 유지해 새로운 습관을 들여야 뇌 구조가 거기에 맞게 변경된다. 생각을 고치면 인생을 고칠 수 있다. 생각을 관리해야 한다. 생각 관리가 인생 관리이다.

임마누엘 칸트는 이런 말을 남겼다.

"사람은 세 가지를 생각하며 살아야 한다.

첫째, 지혜로운 사람은 '내가 누구인가'를 늘 생각한다. '나는 누구이며, 무엇을 하기 위해 존재하며, 세상에서 어떤 의미를 지니는가'를 생각해야 한다.

둘째, 나의 한계를 생각해야 한다. 사람에게는 여러 가지 한계가 있지만 죽음을 향해 달려가는 세월에 대한 한계를 막을 수는 없다. 한계를 깨닫고 삶에서 열심히 사는 것이 지혜의 길이라는 것을 생각해야 한다.

셋째, '나의 영원한 궁극적인 가치는 무엇일까'를 생각해야 한다. 궁극적으로 나는 무엇이 될 것인지를 생각하며 살아야 한다."

인생에서의 가져야 할 기본적인 생각과 올바른 생각, 좋은 생각, 긍정적인 생각을 하면서 사는 것이 삶을 지혜롭고 풍요롭게 살아가는 길이다.

생각과 마음은 스스로 통제할 수 있으므로 열린 생각, 긍정적인 생각, 이타심 등 좋은 생각을 하는 습관을 지녀야 한다. 좋은 생각을 품고 살면 좋은 삶을 살게 된다. 좋은 생각의 틀을 가지고 좋은 말씨를 쓰고 거짓말을 하지 말며 바르고 선한 행동을 하며 이로운 일을 해야 한다.

좋은 생각의 틀은 근육과 마찬가지로 키울 수 있다. 좋은 생각을 꾸준히 하면 좋은 생각을 하는 힘이 향상되고 새로운 능력을 갖출 수 있으므로 좋은 생각을 하는 습관을 개발하고 길러야 한다. 이것이 인생의 큰 즐거움이며 자신의 잠재력을 개발하는 것이다.

▲ 고흐 〈아를의 여인 지누 초상〉

같은 생각을 여러 번 반복하면 습관으로 굳어진다

마무리이자 새로운 시작 _{순간}

시계를 만드는 명장이 자신이 만든 시계를 성인이 된 아들에게 선물로 주었다. 그 시계는 다른 시계와 달리 특별하게 만들어진 것이다. 시침은 동(銅), 분침은 은(銀), 초침은 금(金)으로 되어 있었다. 시계를 선물 받은 아들이 아버지에게 "시침은 동으로 분침은 은으로 만들었는데 초침만을 금으로 만드신 이유가 있나요" 하고 물었다.

아버지는 아들의 손에 시계를 채워주면서 "초침은 가장 중요하기에 금으로 만들었어. 초를 잃는 것은 모든 시간을 잃는 것과 마찬가지야. 초마다 최선을 다해야 그것이 모여서 분과 시간에 최선을 다하는 것이 되며 그것이 모여서 인생이 꽃피는 거야. 너도 이제 성인이니 인생은 초라는 매 순간에 의해 결정됨을 명심하고 최선을 다하기 바란다"라고 대답했다.

순간적인 한마디 말실수나 단순한 행동 실수로 자신이 평생 쌓아왔던 명성을 날려버리고, 눈 깜짝할 순간의 졸음운전으로 생명을 잃기도 한다. 반면에 순간적으로 떠오른 악상이나 아이디어, 선택을 실행에 옮겨 큰 성공을 거두기도 한다. 숨 한 번 쉴 만한 짧은 순간에 인생이 바뀌고 운명이 달라진다. 순간순간에 정신을 바짝 차리고 바른 마음을 가지고 말실수나 행동 실수를 하지 않고 바른말과 바른 행동을 해야 한다.

순간! 순간! 정말로 중요하다. 순간순간 살아가는 것이 쌓이고 쌓여서 인생이 된다. 그 순간순간을 어떻게 보내느냐에 따라 인생이 행복할 수도 불행할 수도 있다. 자신에게 주어진 이 순간이 바로 자신의 삶을 만들 수 있는 시간이다. 지금 이 순간을 삶의 중심으로 삼고 몰입해야 한다.

삶이란 순간순간이 만들어나가는 연주다. 삶을 만들어가는 건 계속해서 이어지는 나날들이다. 하루하루의 날들이 삶을 이루듯, 매일의 일상을 만들어내는 건 순간의 시간이다. 시간 속에서 평화와 기쁨, 치유를 경험하며 하루하루를 의미 있게 만들어나가야 한다.

삶은 순간순간의 행동으로 이루어진다. 인생은 어제 한 일에 의해서도 내일 하는 일에 의해서가 아니라, 오늘 지금 이 순간에 생각하여 행동하는 바에 따라 정해진다. 순간의 생각과 행동이 인생을 결정하고 좌우하는 것이다.

자신이 말한 것이 스마트폰에 녹음되거나 자신의 행동이 CCTV에 녹화될 수도 있음을 인식하고 순간순간마다 자신의 모습을 자각하고, 하지 말아야 할 일은 하지 않아야 하고, 해야 할 일은 하겠다는 결심을 하고 올바르게 행동해야 한다.

톨스토이의 작품 중에 ≪세 가지 의문≫이라는 단편이 있는데 내용은 다음과 같다.

▲ 고흐 〈일터를 마친 저녁〉

삶은 순간순간의 연속이지만

순간순간이 마무리이자 새로운 시작이다

한 왕이 인생에서의 세 가지 의문을 가지고 답을 구하고 있었다. '가장 중요한 때는 언제이며, 가장 중요한 사람은 누구이며, 가장 중요한 일은 무엇인가?'

왕은 답을 얻기 위해 현자를 찾아가 기다리는데 현자는 답을 제시하지 않고 밭만 갈고 있었다. 그때 갑자기 숲 속에서 한 청년이 피투성이가 되어 달려 나왔다. 왕은 자기의 옷을 찢어서 청년의 상처를 싸매 주고 정성껏 돌보아 주었다. 그런 다음에 왕은 현자에게 세 가지 의문에 대한 답을 요구하자 현자는 해답을 이미 실천했다고 하면서 다음과 같이 말했다.

"조금 전의 순간에 피투성이가 된 사람을 정성껏 간호했듯이 세상에서 가장 중요한 때는 바로 지금 이 순간입니다. 사람이 지배하고 사용할 수 있는 시간은 바로 지금뿐이기 때문입니다. 그리고 가장 중요한 존재는 지금 대하고 있는 바로 이 사람이며 가장 중요한 일은 지금 하는 일입니다."

지금 이 순간으로부터 자신을 분리할 수 없고, 지금 이 순간만이 주어진 유일한 소중한 시간이며 자신이 무언가를 할 수 있는 때이다. 지금 이 순간에 충실해야 한다. 지금 이 순간 할 수 있고 해야 할 일이면 '언젠가'로 미루지 말고 지금 해야 한다. 아이디어가 떠올랐다면 즉시 메모하고, 악상이 떠올랐다면 지금 바로 오선지에 그리고, 주변 사람에게 "사랑한다"고 말하거나 "미안하다"고 말해야겠다고 마음먹었다면 바로 지금 해라. 기회는 다시 오지 않을 수 있으니 지금 이 순간을 붙잡아야 한다.

삶은 순간순간의 연속이지만 순간순간이 마무리이자 새로운 시작이다. 지나간 모든 순간과 작별하고 다가올 미래에 연연하지 말고 지금 이 순간에 최선을 다해야 한다. 톨스토이의 말처럼 세상에서 가장 중요한 시간은 '지금 이 순간'이고, 세상에서 가장 중요한 사람은 '지금 함께 있는 사람'이며, 세상에서 가장 중요한 일은 '지금하고 있는 일'이다.

현명한 사람은 현재에 살고 어리석은 사람은 과거나 미래를 헤맨다. 현재를 살지 않고 과거에 묶여 동경이나 탄식하거나 미래를 기대하면서 서두르다 현재에 충실하지 않으면 지금 이 순간을 놓치고만다. 과거의 지나간 회상에 발목이 잡히거나 미래의 아직 오지 않은 상상에 사로잡혀서는 안 된다. 과거에 대한 동경이나 후회, 오지 않은 미래에 대해 과도한 기대나 걱정을 하지 말고 지금 현재에 집중해야 한다.

삶의 모든 것은 지금을 중심으로 펼쳐져 있으며 연결되어 있다. 세상의 모든 희망은 지금부터 시작된다. 지금은 일생 중에 가장 중요한 순간이며 다른 모든 날을 결정해 주는 순간이다. 지금의 작은 생각이나 행동이 과거의 어떤 큰 생각보다 중요하다. 지금 하는 생각이나 행동이 미래를 결정한다. 지금 이 순간에 하는 아주 작고 사소하고 의미 없어 보이는 일이 어떤 결과로 이어질지 모른다.

지금 이 순간에 무엇을 생각하며 행하고 있는가? 되돌릴 수 없는 순간들 앞에서 지금 하는 일에 최선을 다하는 것이 인생을 떳떳하

▲ 오노레 도미에 〈과거, 현재, 미래〉

현명한 사람은 현재에 살고
어리석은 사람은 과거나 미래를 헤맨다

게 하며 후회 없는 삶을 만드는 것이다.

순간순간의 충실함이 인생을 충실하게 만들고 순간순간의 허술함이 인생을 허술하게 만든다. 순간의 생각과 행동이 운명을 결정하고 순간의 선택이 일생을 좌우함을 명심하고 지금 이 순간을 잘 관리해야 한다.

인생에 그림이 찾아왔다

인생의 중요한 자산 시간

아버지와 대학입시에 합격한 아들이 진지한 대화를 나누었다.

"너에게는 훌륭한 자질이 있다. 꿈을 향해서 꾸준하게 끈질기게 접근해가는 힘이 있다. 너의 인생 목표가 무엇이냐?"

"아버지! 저는 남을 돕는 일을 하고 싶어요."

"남을 도우려면 네게 뭔가 가진 것이 있어야 하잖니. 재산이 있다든가 지식이 많다든가…"

"아버지, 저에게는 시간이 있잖아요! 시간이야말로 저의 소중한 재산이에요."

아버지와 아들의 손과 손이 굳게 쥐어졌다.

시간은 인간이 가진 자산 중에서도 가장 소중한 자산이다. 시간은 빌릴 수도, 고용할 수도, 구매할 수도, 더 많이 소유할 수도 없는 독특한 자원이다. 시간이 인간에게 공짜로 배급되어 있다는 것은 기적이다. 시간은 누구에게나 공평하게 주어진 자본금이다. 아침에 눈을 뜨면 마술과 같이 24시간이 가득 차 있다. 선물 같은 1,440분, 86,400초를 매일 받는다.

인생이란 흘러가는 시간을 어떻게 보내느냐에 달려있다. 시간은 인생을 구성하는 중요한 재료이다. 인간은 시간에 의해 살고 시간

▲ 살바도르 달리 〈기억의 지속〉

시간은 인간이 가진 자산 중에서도

가장 소중한 자산이다

속에서 살아가고 생을 마친다. 시간이 삶을 지배하며 바로 인생 그 자체이다. 단 한 번뿐인 인생에서 시간을 소중히 해야 한다. 시간의 낭비는 인생의 낭비이므로 인생을 사랑한다면 시간을 낭비하지 말고 체계적으로 활용해야 한다. 시간은 절대 쉬지 않으면서 삶에 좋은 일이든 나쁜 일이든 흔적을 남기면서 지나간다. 순간순간 오고 가는 시간을 새로운 희망과 전진의 기회로 만들어가야 한다.

이 세상에서 가장 정확하고 엄격한 것이 시간의 흐름이다. 시간은 과속으로 달리는 법도 없고 속도를 늦추거나 지체하는 일도 없다. 시간은 한번 가버리면 다시는 돌아오지 않는다. 주어진 삶의 시간은 한정되어 물처럼 바람처럼 흘러간다. 나이를 먹을수록 주어진 삶의 시간은 계속해서 줄어들고 이에 반비례하여 시간의 가치는 점점 더 높아진다.

영국의 군인이며 정치가인 웰링턴이 어느 날 관리 한 사람과 만날 약속이 있었다. 그런데 그 관리가 5분 늦게 나타나자 웰링턴은 이렇게 말했다. "단 5분이라고? 하지만 그사이에 우리 군대가 전쟁에서 졌을지도 모르지 않소?" 다음 약속 시각에는 그 관리가 5분 일찍 와서 기다렸다. 정각에 나타난 웰링턴이 이번에는 이렇게 나무랐다. "시간의 가치를 모르는군요. 5분씩이나 낭비를 하다니 그 시간이 아깝지 않소?"

시간 가치를 소중히 여겨야 한다. 오늘은 어제 하직한 이들이 그토록 갈망했던 내일이다. 1년의 소중함을 알고 싶으면 1년 동안 시험을 준비해 낙방한 사람한테 물어보고, 한 달의 소중함은 한 달 부족한 미숙아를 낳은 산모에게, 1주일의 소중함은 주간지 편집장에게, 하루의 소중함은 하루 벌어서 하루 먹고사는 가장에게, 한 시간의 소중함은 애인을 만나려고 한 시간을 기다려야 하는 사람에게, 1분의 소중함은 1분 차이로 비행기를 놓친 사람에게, 1초의 소중함은 1초 차이로 대형 참사를 모면한 사람에게, 1/10초의 소중함은 올림픽에서 은메달을 딴 사람에게 물어보면 될 것이다.

친구가 돈을 꾸어 달라고 하면 주저하면서 놀러 가자면 더욱 쉽게 응한다. 돈보다 시간을 빌려주는 편은 아주 관대하다. 돈을 아끼듯 시간을 아끼면 많은 일을 할 수 있다. 적절한 시간 활용은 자기 수양이며 자기 발전이다. 낭비하는 시간을 자기 발전에 활용하면 성공의 지름길로 안내될 것이다. 어떤 사람은 성공하고 어떤 사람은 낙오자가 되는 것은 시간을 잘 활용했느냐 허송세월하였느냐에 달려 있다.

기쁘고 행복한 하루, 반면에 덧없는 하루는 자신의 시간 관리 결과이다. 시간을 재미있게 느끼게 하는 것은 부지런함이다. 시간을 견딜 수 없이 지루하게 하는 것은 게으름이다. 덧없이 보낸 시간은 아무리 후회해도 다시 오지 않는다. 시간은 체계적으로 사용함으로써 아낄 수 있다. 시간을 철저하게 활용하지 못하는 습성에 물들지 말아야 한다.

'시간 부족'이란 말은 없으며 하고자 하는 것을 하기에 충분한 시

▲ 칸딘스키 〈콤포지션〉

시간이 삶을 지배하며 바로 인생 그 자체이다

▲ 밀레〈이삭 줍는 여인들〉

시간을 재미있게 느끼게 하는 것은 부지런함이다

간이 있다. 해야 할 일을 앞에 두고 하품을 하면서 "뭘 시작하기엔 시간이 좀 부족하고…" 하면서 빈둥거려서는 안 된다. 만약 이런 태도를 가진다면 시간이 충분히 있어도 뭔가를 시작하지 않을 것이다. 바쁘면서도 많은 것을 해내는 사람이 적지 않다. 많은 시간을 가진 것이 아니라 시간을 더 효과적으로 사용하는 것뿐이다. 효과적으로 시간을 사용하는 것은 운전처럼 배울 수 있는 기술이다.

시간 엄수는 의무다. 시간 약속은 상대방의 시간을 존중하는 것이며 지키지 않으면 신뢰가 깨진다. 상습적으로 지각하는 사람에게 규칙적인 것은 지각밖에 없으며 성공에서도 뒤처진다. 시간을 지키지 않는 사람에게는 중요한 일을 맡기지 마라. 자제력이 없는 사람은 삶의 압력에 끊임없이 시달린다. 이들은 조금 늦게 도착하고 준비가 덜 된 상태에서 일을 시작한다. 반면에 자제력을 가진 사람은 허둥대지 않고 시간 안에 도착한다. 당황하지 않고 일을 처리한다.

상호 간의 인과 인간관계

　처음으로 쇠가 만들어졌을 때 세상의 모든 나무가 두려움에 떨자 어느 생각 깊은 나무가 "두려워할 것 없다. 우리들이 자루가 되어주지 않는 한 쇠는 결코 우리를 해칠 수 없는 법이다"라고 말했다. 쇠가 아무리 강해도 나무자루가 없으면 힘을 쓰지 못한다.

　사람도 아무리 재능이 많아도, 아무리 재물이 많아도 누군가가 자루가 되어주지 않으면 제대로 능력을 발휘하지 못한다. 인간은 기쁨, 슬픔, 성공, 실패를 함께 나눌 수 있는 가족, 친구, 애인, 동료가 필요하고 중요하다. 자기 자신으로만 존재할 수 없으며 다른 사람들과 상호 교류하며 살아가야 한다.

　물은 어떤 그릇에 담느냐에 따라 모양이 달라지지만 사람은 어떤 사람을 만나느냐에 따라 운명이 결정된다. 좋은 사람을 만나는 것은 신이 내리는 선물이다. 인생의 중요한 전환점은 인간관계에서 생긴다. 한순간의 섬광 같은 인연이 삶의 방향과 인생과 운명을 바꾸어 놓는다. 불행에서 행복으로, 절망에서 희망으로 바뀔 수 있다.

　인간관계가 성공의 핵심이다. 누군가를 알고 자신에 대해 긍정적으로 생각하는 사람이 늘수록 성공할 기회가 늘어난다. 좋은 인간관계를 많이 가질수록, 도움이 되는 사람을 많이 알아둘수록 성공

▲ 고흐 〈몽마르트르 언덕의 전망대〉

인생의 중요한 전환점은 인간관계에서 생긴다

할 가능성이 커진다.

성공의 열쇠는 더 많은, 더 나은 인간관계를 쌓아가는 것이다. 더 많은 훌륭한 사람들에게 알려지고 존중을 받는 것이다. 개인적으로만 노력하여 가능한 성공은 찾아보기 어렵다. 인간관계를 질적 양적으로 좋게 갖는 것은 성공을 결정하는 중요한 요인이다. 원대한 목표를 이루고 싶다면 훌륭한 사람들과 많이 접촉하고 협력해야 한다.

한 수도원 정원에서 나이 많은 수도사가 흙을 고르고 있었다. 그때 거만하다고 소문난 젊은 수도사가 다가오자 나이 많은 수도사가 젊은 수도사에게 "이 단단한 흙 위에 물을 좀 부어줘"라고 하여 물을 부었지만 옆으로 다 흘러가고 말았다. 나이 많은 수도사는 옆에 있는 망치를 들어 흙덩어리를 깬 다음에 부서진 흙을 모아 놓고 다시 물을 부어보라고 하자 물은 잘 스며들었고 부서진 흙이 뭉쳐지기 시작했다.

나이 많은 수도사는 젊은 수도사에게 "물이 잘 스며드는 흙에 씨를 뿌려야 싹이 나고 꽃을 피우고 열매를 맺는 거야. 사람도 마찬가지로 단단한 흙처럼 거만함이 아니라 부서진 흙처럼 부드럽고 겸손함을 가져야 좋은 인간관계의 씨앗이 심어져 인생에 꽃이 피고 열매를 맺을 수 있는 거야"라고 말했다.

사람의 인연은 등산길이다. 발길을 자주 하면 길이 만들어지지만 줄거나 끊기면 사라지듯이 정성으로 만나면 건강한 인간관계인 등

산길이 되지만 정성을 다하지 않으면 잡풀이 길을 덮어버려 인연이라는 길이 끊긴다. 인연이란 참으로 귀한 것이므로 좋은 인간관계를 지속시키기 위한 노력을 아끼지 말아야 한다.

인간관계는 춤을 추듯 리듬을 타고 상대방의 스텝에 자신을 맞추어 상대방을 존중하고 배려해야 한다. 상대방의 장점을 먼저 보는 연습은 좋은 인간관계의 씨앗이다. 인간관계를 깨트리는 요소는 비판과 경멸, 변명과 책임회피다. 상대방의 장점보다 단점이 먼저 보이면 인간관계는 실패하기 쉽다. 인간관계가 좋지 않다면 자신에게 물어보라. 비판을 많이 하고 자주 비웃거나 경멸하는 태도는 없는지, 변명으로 일관하거나, 책임을 회피하는지 살펴보라.

어느 날 고흐가 창가에 앉아 지나가는 사람들을 보고 있는데, 한 사람이 물건을 포장하는 천으로 만든 옷을 입고 있는 게 보였다. 그 사람의 가슴에는 포장용 천의 흔적이 뚜렷이 남아 있었는데 바로 천에 새겨진 글자였다. 'Breakable(잘 깨짐).' 그 단어를 보고 고흐는 깨달았다. '아하! 사람은 깨지기 쉬운 존재로구나!' 그리고 그 사람이 걸어가는 뒷모습을 보았는데 등에도 포장용 천의 흔적이 남아있는 글씨가 새겨져 있었다. 'Be Careful(취급 주의).' 이를 보고서는 다시 한 번 깨달았다. '맞아, 사람은 조심스럽게 다뤄야 하는 거야!'

좋은 인간관계를 맺으면 삶에 큰 힘이 되지만, 잘못된 인간관계를 맺으면 평생 헤어날 수 없는 늪에 빠지기도 한다. 자신의 앞길에 재

▲ 쿠르베 〈만남〉

사람의 인연은 발길을 자주 하면 등산로가 되지만
줄거나 끊기면 갈 수 없는 잡풀더미가 된다

를 뿌리는 사람이 있다면 멀리해야 한다. 자칫하면 꿈은 날아가고 전진할 수도 발전할 수도 없게 된다. 오늘 만난 누군가에 의해 인생이 바뀔 수도 있다. 인생 항해에 순풍 역할을 할 사람인지, 움직이지 못하게 하는 닻의 역할을 할 사람인지 생각해 보라.

무엇보다 먼저 가까운 사람을 제대로 인정해 주면서 최선을 다해야 한다. 행복도 불행도 가까운 사람을 통해 다가온다. 자신을 세워주는 사람도 무너뜨리는 사람도 가까운 데 있다. 가까운 사람을 기쁘게 하면 멀리 있는 사람도 찾아온다. 가까운 사람에게 관심과 사랑과 소중함을 표현하면서 인정해 주어야 한다.

▲ 고흐 〈네 송이 해바라기〉

제2장
인생이 활짝 피려면

고야 〈양산〉

인생의 북극성 목표

세계적인 수영 선수 플로렌스 채드윅은 미국 캘리포니아 남부 카타리나 해협 횡단에 도전했다. 바다 위에는 안개가 자욱했지만 15시간을 멈추지 않고 물살을 가르며 헤엄쳐나갔다. 보트 위에서 트레이너가 이제 얼마 남지 않았다고 소리쳤지만 그녀의 눈앞에 보이는 것은 자욱한 안개뿐이었다. 채드윅이 마침내 수온을 견디지 못하고 호위하던 배를 불러 올라탔다.

나중에 그녀는 자신이 포기한 지점이 목표 지점에서 겨우 0.5마일밖에 떨어지지 않은 곳이었다는 사실을 알고는 "제가 목표 지점인 육지를 눈으로 볼 수만 있었다면 나는 결코 거기에서 포기하지 않았을 거예요!" 그녀를 포기하게 만든 것은 추위나 피로감이 아니라 안개 때문에 자신의 목표를 볼 수가 없었기 때문이었다.

두 달 뒤에 그녀는 다시 도전했다. 이번에도 똑같은 짙은 안개가 시야를 가렸지만 그녀는 마음에 분명히 그려서 가지고 있는 자신의 목표를 향해 헤엄쳐나갔다. 그리하여 채드윅은 카타리나 해협을 헤엄쳐서 건넌 최초의 여성이 되었다.

목표는 인생의 방향을 제시하는 '북극성'이다. 인생이란 낯선 곳에서 목표라는 나침반이 없다면 아무 데도 갈 수 없다. 목표가 없는

▲ 고흐 〈별이 빛나는 밤에〉

목표는 인생의 방향을 제시하는 북극성이다

자에게는 거친 파도가 보이고, 목표가 있는 자에게는 그 너머 대륙이 보인다. 명확한 목표가 있는 사람은 가장 힘난한 길에서조차 앞으로 나아가고, 아무런 목표가 없는 사람은 가장 순탄한 길에서조차 앞으로 나아가지 못한다.

꿈을 실현하는 열쇠는 목표 설정이다. 목표를 명확하게 설정하면 달성 시한을 정해놓고 집중된 힘을 발휘하여 목표에 다가간다. 목표가 있는 사람은 운전석에 앉아 자기 인생의 핸들을 쥐고 자신이 원하는 방향으로 가면서 더 멀리, 더 빨리, 더 많은 것을 성취할 수 있다. 명확한 목표 없이는 인생이라는 달리기를 질주할 수 없다. 목표 없는 사람은 방향타나 나침반이 없는 배와 같아서 바람 부는 대로 표류하게 된다.

한 마라톤 선수가 있었다. 그는 한 번도 완주하지 않은 경우가 없으며 자주 우승을 차지했다. 언론에서는 그를 타고난 마라톤 선수라며 격찬했다. 권위 있는 마라톤 대회에서 우승한 그에게 기자가 물었다. "매번 마라톤 코스 42.195km를 완주하는 것이 힘들지 않습니까? 그런데도 결승 테이프를 끊는 비결은 무엇입니까?"

그는 미소를 지으며 대답했다. "비결은 간단합니다. 바로 출발점부터 결승점까지를 몇 단계로 나누어 뜁니다. 첫 번째 단계를 마칠 무렵 '첫 번째 단계는 성공했어! 이제 다음 단계로 가는 거야!' 하고 나 자신을 격려합니다. 각 단계를 다 뛰었을 때마다 성취감을 느끼면 지치지 않습니다. 이렇게 뛰다 보면 어느새 결승점에 와 있지요."

▲ 쿠르베 〈돌 깨는 사람들〉

거대한 만리장성이나 피라미드도
한 개의 돌을 쌓는 것에서 시작했다

작은 성공은 또 다른 성공을 유인한다. 하나의 목표를 달성하면 더 높은 목표를 설정하더라도 자신감이 늘고, 능력이 향상되고, 더 많은 일을 하게 된다. 단기적인 목표 달성은 장기적인 목표 달성을 낳는다.

목표를 달성하려고 할 때 많은 사람이 단번에 꿈을 이룰 마법을 찾으려는 잘못을 저지른다. 거대한 만리장성이나 피라미드도 한 개의 돌을 쌓는 것에서 시작했고, 장대한 그랜드 캐니언도 작은 물줄기에서 비롯되었으며, 위대한 사상이나 작품들도 한 줄의 문장과 하나의 표현으로부터 시작된 것이다. 성공은 단번에 이룬 어마어마한 행운이 아니라 점진적인 성장에서 이루어짐을 인식하고 꾸준한 노력을 다해야 한다.

괴테는 말했다.

"목표에 다가갈수록 고난은 더욱 커진다. 성취라는 것은 우리 곁으로 가까이 올수록 더 큰 고난을 숨기고 있다. 처음에는 깨닫지 못했던 여러 문제가 선명하게 보이는 이때가 바로 목표가 현실로 다가오는 시기이다."

목표를 향해 노력하는 과정에서 수많은 어려움을 겪을 수 있지만 신념과 강한 의지를 갖추고 목표에 집중하면서 지속적인 노력을 기울여야 한다.

새가 날기 위해 태어난 것처럼 일·직업

어느 날 철학자가 자신에게 물었다.

"지구에서 가장 행복한 사람은 누구일까?"

그는 마음속으로 이렇게 대답했다.

"어제 하다가 남겨둔 일을 계속하기 위해 아침이 빨리 오기를 애타게 기다리는 사람!"

새가 날기 위해 태어난 것처럼 인간은 일하기 위해 태어났다. 일은 축복이다. 일한다는 것이 인생의 가치이며 행복이다. 일하는 자는 힘을 갖고 있으며 게으른 자는 힘이 없다. 세상을 지배하는 자는 열심히 일하는 사람이다. 누구나 머리나 손을 이용해서 일해야 한다. 일은 생활의 방편만이 아니라 목적이다. 일할 때 생명력, 건강, 기쁨을 얻으며 자제력, 주의력, 적응력을 키우고 단련시킨다. 인격적인 수양에 있어서 일은 최고의 스승이다.

일은 육체뿐 아니라 정신에도 유익하다. 일하지 않으면 정신적 혼수상태에 빠지게 된다. 일함으로써 해악을 멀리할 수 있다. 일하지 않으면 공상의 문이 열려 유혹이 쉽게 접근하고 사악한 생각이 떼지어 들어온다. 정신이 한가히 놀고 있으면 육욕이 슬며시 빈틈에 기어들어 오기 십상이다. 한가하게 빈둥거리는 사람은 유혹에 빠지

▲ 파울 클레 〈노란 새가 있는 풍경〉

새가 날기 위해 태어난 것처럼
인간은 일하기 위해 태어났다

기 쉽다.

배에서 선원들이 할 일이 없으면 불평을 늘어놓는다. 노련한 선장은 할 일이 없으면 닻이라도 닦으라고 명령한다. 빈둥거리며 지내는 것은 생명을 망친다. 빈둥거리지 말고 힘들고 유익한 일로 빈 시각을 꽉 채워야 한다.

초등학교 입학을 앞둔 아들이 아버지에게 말했다.
"아빠, 난 커서 돈을 아주 많이 버는 직업을 찾고 싶어요."
그러자 아버지가 말했다.
"돈을 많이 버는 것도 좋지만 그 돈을 벌기 위한 일이 즐겁고 행복해야 하는 거야. 돈을 아무리 많이 번다해도 일이 즐겁지 않다면 행복해질 수 없는 거지. 매일 아침에 일어나 돈을 벌기 위해 마지못해 그 일을 해야 한다고 생각해 봐. 어떤 마음이 들겠니?"

일이 즐거우면 인생은 기쁨이다. 인생의 의미를 느끼면서 일하는 사람은 성공한 인생이지만 돈만 벌기 위해서 일하는 사람은 실패한 인생이다. 훌륭한 일자리는 삶에 활력을 주고 의미를 부여하지만 잘못된 일자리는 삶의 의미를 고갈시켜 버린다. 하는 일이 즐거울 때 인생은 기쁨이고 의무일 때 노예가 된다. 일이 즐거우면 세상은 낙원이요. 일이 괴로우면 세상은 지옥이다. 싫은 일에서 창조의 힘은 솟아나지 않는다. 즐겁고 희망적인 일에 종사하는 것이 행복의 비결이다. 인생은 일의 재미를 경시해도 될 만큼 그렇게 긴 것이 아니다.

현재 하고 있는 일에 즐거움을 느낄 수 없다면 변신해라.

자신의 능력으로 잘할 수 있는 일에 집중한다면 인생은 풍요로워진다. 최선을 다했다는 생각을 하고 능력을 최대한 발휘할 수 있는 일에 종사해라. 성공하는 사람은 자신이 평생을 바쳐 할 수 있는 일을 찾아내고 그 일에 집중하여 성과를 내는 사람이다.

자신에게 맞는 일을 찾는 방법은 종이 두 장을 가지고 한 장에는 자신이 잘할 수 있는 일을 적고. 나머지 한 장에는 자신이 인생을 걸고 하고 싶은 일을 적은 다음에 서로 공통점이 있는 일을 찾는 것이다.

경영학을 전공한 한 청년이 백화점에 취직하여 동료와 함께 엘리베이터 안내를 하는 보직을 받았다. 동료는 보직에 불만을 터뜨리며 백화점을 그만두었다. 하지만 이 청년은 엘리베이터 안내 일에 의미를 부여하면서 최선을 다했다.

엘리베이터를 탄 고객들과 대화를 나누면서 구매 심리를 파악할 수 있었다. 얼마 후 판매부서로 옮겨 최고의 실적을 올렸고 영업기획부장을 거쳐 승승장구한 끝에 최고경영자가 되었다.

아폴로 계획을 세운 미국의 제35대 대통령 존 에프.케네디가 미국 항공우주국을 방문했을 때 있었던 일화이다. 대통령이 로비를 지나가다가 콧노래를 부르며 즐겁게 바닥을 닦고 있는 청소부를 눈여겨보고 다가가 물었다.

▲ 고흐 〈일터로 가는 아침〉

즐거운 일, 잘할 수 있는 일, 의미 있는 일을 해야 한다

▲ 콜비츠 〈퇴근하는 노동자들〉

일하는 시간을 잊을 정도로 집중할 수 있는 직장이

최고의 직장이다

"아니, 청소하는 일이 그토록 즐겁습니까?"

그러자 청소부가 대통령에게 자신 있게 대답했다.

"대통령님, 저는 평범한 청소부가 아닙니다. 인류를 달에 보내는 일을 돕고 있습니다."

사명감을 가지고 자신이 하는 일을 사랑하는 것이 그 일을 의미 있게 만든다. 일에서 삶의 의미를 찾을 수 있어야 한다. 일하는 시간을 잊을 정도로 집중할 수 있는 직장이 최고의 직장이다. 급여, 동료들과의 관계, 성장 가능성, 흥미를 고려하여 자신에게 가장 잘 맞는 직업을 찾아야 한다.

즐거운 마음으로 일을 하기 위해서는 열망하는 일을 해야 한다. 자신이 간절히 원하는 것이 무엇인지 스스로 묻고 선택하여 에너지를 쏟아부어야 한다. 아침에 일어나 출근하는 것이 즐거운 직장을 택해라.

옵 포르투(ob portu) 기회

이탈리아 북부 토리노박물관에는 '기회의 신'이라고 이름 붙여진 이상하고 우스꽝스러운 조각상이 있다. 앞머리 이마의 윗부분에만 머리카락이 돋아나 있고 뒷머리는 반들반들한 대머리이고 발에는 날개가 달린 모습이다.

안내인은 방문객에게 이렇게 설명한다.

"앞머리가 머리카락이 무성한 이유는 사람들이 나를 보았을 때 쉽게 붙잡을 수 있도록 하기 위함이고 뒷머리가 대머리인 이유는 내가 지나가면 사람들이 다시는 붙잡지 못하도록 하기 위함이며 발에 날개가 달린 이유는 최대한 빨리 사라지기 위함입니다. 이 조각상의 이름은 그리스 신화에 나오는 기회의 신 '카이로스'입니다."

많은 사람이 기회를 놓친 후에야 "그때가 기회였는데 그걸 잡았어야 했는데…" 하면서 후회한다. 인생에서 기회가 바로 눈앞에 왔는데도 주저하거나 망설이다가 놓치는 경우가 많다. 한 번 놓친 기회는 다시는 오지 않을 수 있다. 기회는 창문과 같아서 순식간에 닫혀버리는 경우가 많다. 지금 기회보다도 더 나은 기회가 나중에 찾아올 것으로 생각하고 머뭇거리다가 기회를 놓치기도 한다. 기회가 왔을 때 주저하거나 머뭇거리지 말고 기회의 창문을 열고 뛰어들어야 한다. 하지만

▲ 틴토레토 〈성 마르코의 기적〉

삶에서 크고 작은 많은 기회가 오며
기적과도 같은 큰 기회가 오기도 한다

무턱대고 서두르지 말고 진정한 기회인지 판단해야 한다.

"인생에서 세 번의 기회가 주어진다"는 말이 있다. 크고 작은 많은 기회가 오며 기적과도 같은 큰 기회가 오기도 한다. 기회는 직업이나 사업, 하고자 하는 일. 재능이나 능력, 교육 배경과 경험을 발휘하거나 친구나 지인을 활용하는 데에서 올 수 있다. 기회는 어렵고 힘든 일로 위장하고 나타나기도 한다.

어떤 사람이 오랫동안 가꾸던 농장을 팔아 다이아몬드가 매장되어 있다는 광산을 사서 몇 년 동안 그 광산을 캤지만, 다이아몬드를 발견하지 못한 채 좌절감에 빠져 자살하고 말았다.

한편 그의 농장을 산 사람은 그 농장을 열심히 개간하다가 밭에 다이아몬드 원석이 깔린 것을 발견했다. 거친 원석이었기 때문에 다이아몬드로 보이지 않았을 뿐이었다. 이 원석을 가공하니 질 좋고 값비싼 다이아몬드가 되었다.

농장을 판 사람은 다이아몬드 밭을 소유하고 있었지만 이를 알아차리지 못했다.

"내게는 기회가 오지 않아"라는 말을 하지만 기회를 몰라보거나 저버리는 경우가 많다. 기회가 적은 것이 아니라 기회가 찾아오지만, 기회인 줄도 모르고 지나쳐버리는 것이다. 기회인지 아닌지를 판단하는 분별력을 가져야 한다.

우리 주위에 기회는 많이 있지만 기회라고 알기는 쉽지 않으며,

매 순간 열정을 가지고 노력하는 사람의 눈에는 기회가 보인다. 지금 하는 일에 최선을 다한다면, 누구나 그런 안목을 가질 수 있다.

'어리석은 사람은 기회를 포기하고, 평범한 사람은 기회를 기다리며, 똑똑한 사람은 기회를 만든다'는 말이 있다. 기회는 기다리는 것이 아니라 만들어가는 것이다. 삶에 안전하기만을 바란다면 큰 기회는 오지 않는다. 기회가 오기만을 기다리지 말고 도전에 나서서 스스로 기회를 만들어야 한다. 남들도 기회라고 하는 일은 이미 기회가 아닐 수 있다. 기회는 용기를 가져야 잡을 수 있다.

기회는 끊임없이 다가오지만 철저하게 기회를 맞이할 준비를 하고 있어야 진정한 기회로 만들 수 있다.

홈런왕을 차지한 프로야구선수가 다음과 같이 소감을 말했다.

"프로야구에 입단한 이후에 주전선수로 뛰지 못하고 가끔 대타나 대주자로 출전하는 등 별다른 성적을 내지 못했습니다. 제 실력의 부족함을 느끼고 열심히 훈련했습니다. 밤늦게까지 운동장에 나가 혼자서 배트를 휘두르는 연습을 했습니다. 그러던 중에 제 포지션과 같은 주전선수가 부상으로 결장하게 되어 주전으로 출전할 기회가 왔습니다. 저는 첫 주전선수로 출장한 경기에서 3연타석 홈런을 쳤습니다. 감독님은 몹시 기뻐하시면서 저를 계속해서 주전선수로 기용해 주셨습니다. 저는 감독님의 기대에 부응하기 위해 더욱 열심히 연습했습니다. 그 후로 제 타격 실력은 점점 향상되었고 홈런왕까지 차지하게 되었지요. 기회가 주어졌을 때 열심히 훈련하여 실력을 준

▲ 드가 〈스파르타 젊은이들의 훈련〉

기회를 잡으려면 붙잡을 준비가 되어 있어야 한다

비해 놓았기 때문이라고 생각합니다."

'기회'를 뜻하는 영어 'opportunity'는 라틴어 '옵 포르투(ob portu)'에서 유래했는데 밀물 때를 기다리며 항구 밖에서 대기하고 있는 선박을 뜻한다. 밀물 때가 왔음에도 선박의 선원들이 미리 준비하지 않으면 또다시 밀물 때를 기다려야 하듯이 기회는 준비된 사람과 준비가 안 된 사람 모두에게 다가오지만, 준비가 안 된 사람에게는 기회가 오더라도 붙잡는 것이 불가능하다. 기회를 감당할 능력이 없기에 안타까움만 더할 뿐이다. 준비와 기회가 만나서 행운을 만드는 것이다.

성공한 사람을 보고 운이 좋아서 기회를 잡았다고 치부해 버리는 것은 그 사람이 기회를 잡기 위한 땀과 노력을 간과하는 것이다. 기회가 다가왔을 때 붙잡을 수 있는 안목과 실력과 자세를 갖추고 있어야 한다.

배가 항해해야 하듯이 도전

한 젊은 여성이 고등학교를 졸업하고 원하던 대학에 도전했으나 낙방하자 삼수를 하여 원하던 대학 학과에 입학했다. 대학 재학 중에 국가 자격증도 취득하고 높은 공인 영어 점수도 취득했으나 원하던 직장에 입사하지 못했다. 또다시 자신이 원하던 직장이 요구하는 스펙을 쌓아 원하던 분야의 직장에 입사하여 해외 지사에도 근무하고 능력을 인정받아 간부로 승진했다.

하지만 그녀는 좋은 근무 환경과 높은 연봉에도 불구하고 안주하지 않고 글로벌 인재가 되기 위해 틈틈이 미국 일류 대학원 입학에 필요한 공부를 꾸준히 했다. 드디어 지원한 여러 대학원으로부터 합격 통보를 받고 제일 원하던 대학원에 입학하여 우수한 성적으로 졸업하였다. 원하던 미국 직장에 취업하고 경험을 쌓은 다음에 자신의 사업을 차려 성공의 길을 걷고 있다.

배를 만든 이유는 항구에 정박하기 위해서가 아니라 험난한 파도를 뚫고 항해하기 위함이듯이 인생을 항해하면서 위험을 감수하고 대해로 나아가 꿈을 이루어야 한다. 항구를 장식하는 배가 되지 말고 거친 파도를 헤쳐 나아가야 한다. 도전과 모험에 따르는 위험과 두려움을 회피한다면 의미 있고 보람찬 삶을 회피하는 것이다.

▲ 고흐 〈상 마리의 어선들〉

항구를 장식하는 배가 되지 말고
거친 파도를 헤쳐 나아가야 하듯이
안주하지 않고 도전해야 한다

인생은 도전의 연속이다. 미래에 대한 희망을 품고 목표로 한 일을 실천에 옮기는 도전은 참다운 인생의 핵심이다. 인생의 도전 과정에서 즐거움을 얻고, 배우고, 다양한 경험을 쌓고, 시야를 넓힌다. 도전하지 않는 것은 자신의 껍질 속에 스스로 갇혀 있는 것이다.

인간은 어느 정도의 단계에 이르면 안주하려는 속성을 지니고 있지만 급격한 사회 변화와 함께 그 변화에 도전하지 않으면 안 된다. 새로운 변화에 도전하지 않으면 정체되거나 뒤처지게 된다. 인생에서 승자가 가지고 있는 특성은 도전 정신이다. 도전해야 할 요소를 만나면 사명감에 불타 가슴이 뛰어야 한다.

가슴 뛰는 삶은 쉽게 이룰 수 없는 그 무엇을 좇는 삶이다. '도전 과제'가 삶을 영위하게 하는 힘이다. 쉽게 달성할 수 없는 목표야말로 도전 정신을 유발하고 에너지를 불러일으키는 촉매이다. 목표에 도전했다가 실패하더라도 배우고 느끼는 것이 많다. 손쉬운 작은 성공보다는 훨씬 가치가 크다. 시도 끝에 실패한 것은 용납되어야 하지만 시도조차 하지 않는 것은 스스로 용납해서는 안 된다.

도전하는 과정에서 실패의 두려움으로 꿈을 접는 나약함을 보이지 말아야 한다. 도전하여 시도하지 않으면 아무것도 이룰 수 없음에도 도전하지 못하는 이유는 처음부터 지나치게 실패를 두려워하기 때문이다. 실패를 방지하는 데 초점을 맞추면 지나친 신중함이 정체와 쇠퇴를 불러올 수 있다. 새로운 성공을 창조하는 데 초점을 맞추어 과감함을 선택해야 한다. 어느 누구든지 실패할 수도 있지만 다시 일어나 도전하고 또 도전하여 끝장을 보아야 한다.

존 애덤스는 이렇게 말했다.

"인생은 아슬아슬하게 살아야 한다. 위험을 무릅쓰는 것이 인간 본성의 일부이다. 인간에게는 누구나 고유한 '흥분의 욕구'가 있다. 지나친 확실성은 지루하고 보람 없고 굴욕적이다. 우리를 위축시키고, 우리를 솜뭉치에 싸인 존재로 만들고, 우리에게서 흥분과 도전이라는 보상을 앗아간다."

모험을 감수하고 도전하는 것이 꿈을 실현하는 첫걸음이다. 안전한 길만이 최선이 아니며 '모험'이라는 예측할 수 없는 길을 가다 보면 생각지도 못한 '보물'을 발견할 수 있다. 쉽고 편한 것, 해왔던 것에만 머물면 독이 되고 쇠사슬이 된다. 낯선 것을 거부하는 사람은 힘을 키우지 못하고 큰 것을 이룰 수 없다. 시도해 보고자 하는 일이 있다면 망설이지 말고 가슴이 시키는 일에 도전해야 한다.

급격히 변화하는 세상에 위험이 있는 곳에 기회가 있으며 기회가 있는 곳에 위험도 있다. 인생에서 위험을 감수하지 않기 위해 변화에 맞서 도전하지 않고 현실에 안주하는 것이 더 큰 위험이다. 위험으로부터 등을 돌리고 달아나려 하면 위험은 배로 늘어나지만, 당황하지 않고 정면 돌파하면 위험은 절반으로 줄어든다.

불확실성 시대에 큰 성공을 거두려면 기꺼이 위험을 감수해야 한다. 세계적인 운동선수가 되려면 다칠 수도 있는 위험을 감수해야 하고, 위대한 등산가가 되기 위해서는 심지어 목숨을 잃을 수도 있는 위험을 감수해야 한다. 위험에 떳떳하게 맞서서 도전해야 꿈을

▲ 들라크루아 〈민중을 이끄는 자유의 여신〉

도전하는 과정에서 실패의 두려움으로
꿈을 접는 나약함을 보이지 말아야 한다

성취할 수 있다.

1952년에 에드먼드 힐러리는 세계 최고봉인 에베레스트 정복에 도전했지만 정상에서 240m를 남기고 악천후로 인해 실패했다. 그는 한 해 뒤인 1953년 탐사대와 함께 다시 에베레스트 정상 정복 도전에 나서 캠프를 설치했다. 다음 날 아침 힐러리는 텐트 바깥에 둔 신발이 얼어버린 것을 발견하고 2시간 동안 얼어버린 신발을 녹이고 등정했다.

정상에서 91m 떨어진 지점에서 그는 셰르파 텐징과 함께 14kg의 배낭을 메고 정상으로 향했다. 마지막 장애는 12m 남은 바위 면이었다. 힐러리는 바위 면과 얼음 사이로 갈라진 틈에 쐐기를 박고 셰르파 텐징을 따르게 하면서 마지막 등정을 시도했다. 1953년 5월 29일 오전 11시 30분 마침내 지상에서 가장 높은 에베레스트 산 정상 8,848m를 최초로 등정하였다.

자신의 꿈을 이루기에 불가능한 이유만 대면서 살아가는 인생은 그 자체가 불행하다. 도전할 때 꿈의 실현에 다가설 수 있지만 도전하지 않으면 몽상이 되고 만다. 꿈의 실현은 위험을 무릅쓴 과감한 도전을 통해 만들어가는 것이다.

도전은 처지가 아니라 의지다. 자신이 도전하지 않는 이유를 처한 상황이나 환경 탓으로 돌리는 것은 변명에 불과하다. 자신이 처한 환경에도 불구하고 과감하게 도전에 나서야 꿈을 이룰 수 있다. 처

▲ 디에고 벨라스케스 〈말을 탄 펠리페 4세의 초상〉

모험을 감수하고 도전하는 것이
꿈을 실현하는 첫걸음이다

지나 환경만을 탓하면 소극적으로 변하게 되고 자신감을 잃어 실패할 확률을 높인다. 성공한 사람은 자신이 처한 환경에도 불구하고 과감하게 도전에 나선 사람이다. 환경이 바뀌기를 기다리지 말고 주어진 환경을 받아들이면서 대처해야 한다.

도전에 나서서 도전 과제를 이루었을 때, '여기까지'라고 스스로 한계를 짓지 말아야 한다. 한계란 마음으로 설정한 관념에 불과하다. 인간의 한계로 여겨졌던 100m 달리기에서 10초 벽, 역도에서 500파운드 벽도 허물어진 지 오래다. 세상에는 상상조차 할 수 없었던 제품들이 속속 출시되고 있다. 좋은 것은 위대한 것의 적이다(Good is the Enemy of Great). 좋은 것을 뛰어넘어 '더 나은 목표' '더 높은 목표'를 정해 계속해서 도전에 나설 때 위대한 꿈을 이룰 수 있다.

벼는 익을수록 고개를 숙인다 겸손

슈바이처 박사는 노벨평화상 시상식에 참석하기 위해 아프리카를 떠나 유럽 쪽으로 와서 기차를 타고 스웨덴을 향하고 있었다. 중간 기착지인 파리에서 기자들이 취재를 위해 몰려들어 특실 칸을 샅샅이 뒤지고 있었다. 노벨평화상 수상자이니 당연히 특실에 탔을 것으로 생각했지만 그곳에 없었다. 일등실도 찾아봤지만 그곳에도 없었고 이등실도 찾아봤지만 그곳에도 없었다.

급기야 남루한 사람들이 딱딱한 나무 의자에 모여 있는 삼등실에서 한 소녀를 진찰하고 있는 그를 찾을 수 있었다. 한 기자가 "노벨상을 받으러 가시는 선생님께서 특실을 타셔야지 어떻게 이런 불편한 삼등실을 타셨습니까" 하고 물었다. 슈바이처는 인자한 목소리로 "나는 편안한 곳이 아니라 나의 도움이 필요한 곳에 있습니다. 특실에는 제 도움이 필요한 사람이 없더군요."

겸손한 사람이 이룬 일에 대해 사람들이 공감하지만 교만한 사람이 이룬 일에 대해서는 폄하한다. 자기과시는 미움을 사며 시기심을 유발한다. 겸손하지 못한 재능은 주변에 적을 만든다. 화를 당하는 사람 중에는 두뇌가 명석한 사람이 많다. 두뇌는 명석해지도록 연마해야 하지만 명석함을 지나치게 드러내지 말아야 한다. 재능이 '칼'

▲ 고흐 〈가제 박사 초상〉

인생에서 겸손은 성공하기 위한 열쇠이다

이라면 겸손은 그 재능을 보호하는 '칼집'이다.

대기업 회장이 자신의 부하 여직원을 성폭행하거나 운전기사에게 인격살인에 가까운 막말을 퍼부어 사회적 물의를 일으키는 일이 벌어지고 있다. 세속적인 권력이나 금력이나 명예를 가진 사람이 몰락하는 것은 겸손하지 못하고 교만을 부리는 데 원인이 있는 경우가 많다. 교만의 병에 걸리면 회복하기 어려우며 삶의 나락으로 떨어지게 되어 있다. 인간은 교만해지기 쉬운 존재이므로 교만하지 않고 겸손하려고 노력해야 한다.

재능이 뛰어난 사람이 산속에 칩거하며 정진하고 있는 옛 스승을 찾아갔다. 스승은 제자와 찻잔에 물을 계속 부어 마시면서 대화를 나누었다. 한참 대화를 나누면서 제자의 말을 듣고 있는 스승이 부은 찻잔에 물이 넘치고 있었다. 이 모습을 본 제자가 "찻잔에 물이 넘칩니다"라고 하자 "찻잔이 넘쳐 바닥을 적시는 것은 알면서 재능이 넘쳐 인품을 망치는 것은 어찌 모르는가"라고 했다.

제자는 당황하면서 뉘우치는 말씀을 드리고 일어나서 나가려다 방문에 머리를 부딪치고 말았다. 이 모습을 본 스승이 "고개를 숙이면 매사에 부딪치는 법이 없네. 겸손을 알지 않으면 아무것도 이룰 수 없네."

사회적 신분이나 지위가 높은 사람에게는 환심을 사기 위하여 겸손한 태도로 예의를 지키면서, 낮은 사람에게는 교만한 태도로 무시하거나 자존심을 상하게 해서는 안 된다. 명령조나 권위를 나타내는 단정적인 말투는 건방지다거나 교만하다고 느끼게 할 수 있다. 겸손한 말투가 중요하다.

겸손은 교만 반대편에 선 덕목이다. 인생에서 겸손은 성공하기 위한 열쇠이지만 교만은 성공의 독이다. 겸손은 인간관계의 덧셈 법칙이고 교만은 인간관계의 뺄셈 법칙이다. 교만은 극단적인 자기중심의 죄악이며 인간관계에 벽을 쌓는 것이다. 겸손 없이 원만한 인간관계는 불가능하다. 겸손하면 친구를 얻고 교만하면 적을 만든다. 겸손한 자세로 상대방의 의견을 청하고 상대방을 존중하는 것이 좋은 인간관계의 비결이다.

한 철학자가 눈이 많이 내린 아침에 숲을 거닐고 있었는데 요란한 소리에 깜짝 놀랐다. 고개를 돌려 쳐다보니 굵은 나뭇가지들이 눈의 무게를 감당하지 못하고 부러지는 소리였다.

하지만 가늘고 작은 가지들은 눈이 쌓임에 따라 자연스레 휘어져 눈을 아래로 떨어뜨린 후에 다시 원래대로 튀어 올라 본래의 모습을 유지하고 있었다. 이를 본 철학자는 깊이 깨달았다.

'구부리는 것이 버티는 것보다 더 나은 이치이구나!'

부드러움이 단단함을 이긴다. 벼는 익을수록 고개를 숙인다. 겸손은 비굴함이 아니다. 겸손은 자신을 낮추는 것이 아니라 자신을 올바르게 세우는 것이다. 물이 바다로 모이는 것은 바다가 낮은 곳

▲ 고흐 〈벌판의 밀 짚단〉

벼가 익을수록 고개를 숙이듯이 겸손은 비굴함이 아니라

자신을 올바르게 세우는 것이다

에 있으며 모든 물을 수용할 수 있는 역량이 되기 때문이다. 스스로 높아지려 한다고 해서 높아지는 것이 아니다. 신은 자기 스스로 높은 곳에 앉은 사람을 아래로 끌어내리고 스스로 겸손한 사람을 부축해 위로 밀어 올린다.

남이 반갑게 인사한다고 해서 자기를 훌륭하게 여기기 때문이라고 생각하지 말아야 하며, 남이 자기의 말에 참으며 반대하지 않고 따른다고 해서 존경하기 때문이라고 생각하지 말아야 하며, 남이 은혜를 베풀어주는 것을 사랑하기 때문이라고 생각하지 말아야 하며, 남이 겸손해하는 것을 경의를 표하기 때문이라고 생각하지 말아야 한다.

겸손하지 못한 태도로 말을 과장하면 상대방의 호기심과 욕망을 자극하지만, 과장한 내용이 이루어지지 않았을 경우에 과장한 사람을 하찮게 여기게 된다. 과장하지 말아야 진심을 손상시키지 않고 분별력도 지킬 수 있다. 과장으로 인해 스스로 신뢰를 떨어뜨려 실없는 사람으로 취급받지 말아야 한다.

인생을 활짝 피게 하려면 인내·끈기

　리처드 바크의 ≪갈매기의 꿈≫은 백사십 번, 마가렛 미첼의 ≪바람과 함께 사라지다≫는 서른여덟 번, 조앤 롤링의 ≪해리포터≫는 열두 번 출판사로부터 출간을 거절당했다. 하지만 이들은 끈기를 가지고 원고에 수정에 수정을 거듭한 끝에 세계적인 베스트셀러 작가가 되었다.

　인생의 여정에서 끈기는 한 단계 한 단계 앞으로 나아가게 해주는 힘이다. 지루하고 고된 일을 참고 견뎌내어 성실히 수행하게 하며 목표 달성을 위해서 최선을 다하게 한다. 낙숫물이 바위를 뚫듯이 끈기를 가지고 올바르게 일을 계속해 나가면 반드시 이루어진다.

　끈기가 없거나 실패하는 사람이 통상적으로 하는 말은 "이 분야는 나랑 안 맞아", "아무리 노력해도 결과가 안 좋았어", "재미가 없어"이다. '작심삼일(作心三日)'을 해서는 안 된다. 어려움에 부닥쳤을 때 포기할 이유를 찾는 건 너무나 쉽다. '중지'라는 버튼을 누르지 말고 끈기를 가지고 꾸준히 추진해야 한다.

　세상의 그 어떤 것도 끈기를 대신할 수는 없다. 재능만으로는 안 된다. 뛰어난 재능을 갖고도 성공하지 못한 사람은 세상에 널렸다. 천재성도 필요 없다. 이름값을 못 하는 천재가 수두룩하다. 교육만

▲ 장 오귀스트 도미니크 앵그르 〈샤를 7세 대관식의 잔다르크〉

끈기를 가지고 올바르게 일을 계속해 나가면 반드시 이루어진다으로도 안 된다. 재능도 천재성도 교육도 끈기를 대신할 수 없으므로 전능의 힘을 가진 것은 끈기이다.

한 젊은이가 스님이 되기 위해 고승을 찾아가자, 솥을 바르게 거는 시험에 합격하면 제자로 받아주겠다고 했다. 젊은이는 정성을 다해 솥을 걸었지만 고승은 한쪽이 기울었다고 하면서 다시 걸라고 했다. 젊은이는 다시 균형을 맞추어 솥을 걸었지만 솥의 방향이 틀렸다고 하면서 다시 걸라고 했다.

이후에도 갖가지 이유를 대면서 아홉 번이나 솥을 다시 걸게 하고 나서 고승이 말했다. "트집을 잡아 일을 반복하여 시키는데 화가 나지도 않나? 보통 다른 사람들은 세 번이면 화를 내고 가버리는데 자네는 아홉 번까지 참았네."

그러자 젊은이가 대답했다. "분명 무슨 뜻이 있을 거로 생각하고 참으면서 묵묵히 계속 반복하리라고 마음먹고 있습니다." 고승은 젊은이를 제자로 삼았고 젊은이는 후에 존경받는 고승이 되었다.

참고 견디는 힘이 없다면 명성을 얻을 수 없으며 인생의 승리자가 될 수 없다. 안 된다고 생각해 포기하지 않고 시도하는 사람이 승리자이다. 성공이란 남들이 끈을 놓아버린 뒤에도 계속 매달려 있는 사람에게 돌아가는 대가이다.

인내하는 사람은 중도 포기나 우유부단하지 않고 해결책을 강구한다. 안 된다고 좌절하는 것이 아니라 방법을 달리해 본다. 근본적

인생에 그림이 찾아왔다

▲ 고흐 〈붓꽃〉

꽃이 저마다 피는 계절이 있듯이
인생도 활짝 피는 때가 있으니
조급해하지 말아야 한다

인 원인을 분석하여 다각도로 해결책을 모색한다.

실패는 실패할 때 끝나는 것이 아니라 포기할 때 끝난다. 중도 포기할 만큼 힘든 상황에서 조금만 더 버텨야 한다. 대부분의 실패는 스스로 한계라고 느끼고 포기했을 때 찾아온다. 마음속의 관념인 한계를 극복하면 쉬워질 수도 있고 성사될 수도 있으므로 스스로 한계를 만들지 말고 마지막이라고 느껴질 때 인내심을 발휘해야 한다.

인내는 불가능함을 가능하게 하고, 가능함을 유망하게 하며, 유망함을 확실하게 만들므로 원하는 목표를 향해 인내하며 노력을 계속하는 것이 참다운 인생이다.

한국과 중국, 일본에서 자생하는 종류로 모죽(毛竹)이라 부르는 대나무가 있다. 이 대나무는 땅이 척박하든 기름지든 간에 4년 동안 하나의 죽순만 밖으로 나와 있을 뿐 자라지 않는다. 하지만 5년째 되면 하루 70~80cm씩 자라기 시작해 30m까지 자란다. 처음의 그 4년 동안은 숨죽인 듯 뿌리가 형성되어 땅속으로 깊고 넓게 퍼져나가면서 기다리다가 당당하게 자신의 모습을 세상 밖으로 드러내는 것이다.

꽃이 저마다 피는 계절이 있듯이 인생도 활짝 피는 때가 있으니 너무 조급해하지 말아야 한다. 최선의 노력을 다하면서 자신의 인생이 활짝 필 때를 기다려야 한다.

땀은 배반하지 않는다 노력

《중용》에 이런 글이 있다.

'남이 한 번에 능하면 나는 백 번을 노력하고 남이 열 번에 능하면 나는 천 번을 노력한다(人一能之 己百之 人十能之 己千之). 이 방법으로 한다면 비록 어리석다 하더라도 반드시 밝아지고 비록 유약하더라도 반드시 강해진다.'

실력은 꾸준한 노력의 다른 이름이다. 반복적인 노력은 실로 무서운 것이다. 반복적인 노력은 전문가를 만들어낸다. 말콤 글래드웰은 《아웃라이어》에서 '위대함을 낳는 매직 넘버, 1만 시간의 법칙'을 주장하고 있다. 어느 분야에서든 세계 수준의 전문가가 되려면 1만 시간의 연습이 필요하며, 그 연습도 무턱대고 하는 연습이 아니라 '신중하게 계획된 연습(Deliberate Practice)'을 해야 한다는 것이다. 1만 시간은 대략 하루 세 시간, 일주일에 스무 시간씩 10년간 연습한 것과 같다. 신중하게 계획된 반복적인 노력을 꾸준히 한다면 차별화된 존재가 될 수 있다.

삶은 땀을 먹고 자란다. 인생에서 성실한 노력을 기울이지 않고는 어떤 것도 이룰 수 없다. 인생을 살아가는 데는 재능보다도 성실한 노력이 있어야 한다. 재능이 있지만 노력이 부족하면 재능이 꽃피지

▲ 고흐 〈추수〉

땀은 배신하지 않으며 노력하지 않고서는

인생에서 결실을 볼 수 없다

못한다. 성실함으로 반복적인 노력을 기울이는 것은 자신이 종사하는 분야에서 탁월해지는 것이며 전문가가 되는 비결이다.

노력은 성공의 또 다른 이름이다. 천재적인 사람도 성공을 거두려면 부단한 노력이 있어야 한다. 노력하는 사람이 게으른 천재를 이기므로 재능을 믿지 말고 노력을 믿어야 한다.

천재를 만드는 것은 1%는 영감이, 99%는 땀이란 말이 있다. 천재는 열심히 노력한 결과로 탄생한 것이다. 진정한 천재는 효율적인 노력을 기울인다. 유익한 일에 시간을 쓰고 필요 없는 행동을 하지 않는다. 현명하게 창의적으로 노력하여 성과를 창출하는 것이다.

꿈을 실현한 사람은 단번에 자신의 위치에 뛰어오른 것이 아니라 다른 사람들이 단잠을 잘 적에 일어나서 일에 몰두한 사람이다. 행복이나 성공은 우연히 얻어지는 것이 아니라 성실한 자세로 꾸준히 노력해야만 이루어질 수 있다. 노력의 효과는 언젠가는 어떠한 형식으로든지 거두어진다.

1959년 티베트에서 여든이 넘은 노인이 히말라야 산맥을 넘어 인도에 왔다. 그때 기자들이 놀라서 노인에게 물었다. "어떻게 그 나이에 그토록 험준한 히말라야 산맥을 아무 장비도 없이 맨몸으로 넘어올 수 있었습니까?" 그 노인이 대답했다. "한 걸음, 한 걸음, 걸어서 왔지요."

등산할 때 정상을 향해 한 걸음 한 걸음 올라가야 하는 것처럼 십리도 한 걸음씩이고 천리도 한 걸음씩이다.

누구도 산봉우리를 단번에 오를 수는 없으며 한 걸음 한 걸음 걸어야 한다. 아무리 잘 걷는 사람도 보폭은 클 수 있지만 한꺼번에 두 걸음을 걸을 수는 없다. 인생행로도 한 발 한 발 걸어가며 성장 발전하는 것이다. 한 걸음 한 걸음 꾸준히 나아가는 것이야말로 목표에 도달하려는 분명한 자세다.

꿈을 실현하는 데는 지름길이 없다. 꿈의 실현은 폭포처럼 갑자기 한꺼번에 오는 것이 아니라 한 번에 한 방울씩 떨어지는 물방울처럼 서서히 온다. 성실함으로 무장한 꾸준한 노력이 조그마한 성과를 만들고 그 조그마한 성과들이 큰 성과로 확대되는 연쇄작용으로 마침내 꿈을 실현하게 된다.

한 젊은 사람이 농장에서 사람을 구한다는 말을 듣고 찾아가자 농장주는 "가장 잘하는 일이 무엇이오" 하고 물었다. 그러자 "잠자는 걸 가장 잘합니다"라고 했다. 농장주는 대답이 마음에 들지 않았지만 당당한 태도를 보고 고용했다.

그러던 어느 날 밤에 천둥 번개가 치고 비가 억수같이 퍼부었다. 걱정인 된 농장주는 잠에서 깨어 농장 비닐하우스 등을 살펴보았지만 단단하게 고정되어 아무런 이상이 없었다. 안도하면서 기쁜 마음으로 젊은 사람의 숙소에 들려보니 코를 골며 자고 있었다.

젊은 사람은 일기예보를 듣고 대비하여 이미 낮에 작업해 놓았던 것이다. 농장주는 젊은 사람의 "잠자는 걸 제일 잘한다"는 말 뒤에 숨은 성실성을 이해하게 되었다.

▲ 드가 〈페르난도 서커스 소녀 라라〉

꾸준한 노력이 목표에 도달하려는 분명한 자세다

참다운 인생은 어떤 일을 하는 것이 중요한 것이 아니라 주어진 일을 얼마나 열심히 하느냐가 중요하다. 지금 현재 주어진 상황에서 성실한 자세로 임하지 않는다면 아무리 좋은 상황이 오더라도 성실함을 보이지 못한다. 비록 현재 상황이 어렵더라도 성실한 자세를 보이면 좋은 상황이 왔을 때 더 많은 성취를 이룰 수 있다.

주어진 상황에서 최선을 다하며 살아가야 한다. 매일 매일 잠들기 전에 하루의 일과를 돌아보면서 만족스럽다고 스스로 칭찬할 수 있는 삶을 살아야 한다. 그렇게 하다 보면 어느새 꿈에 다다를 것이다.

거미줄이 밧줄이 된다 습관

한 열정적인 청년이 사랑하는 여성에게 청혼하면서 "하늘의 별이라도 따다 주겠다"고 하자 여성은 남자의 성실함과 끈기를 시험하기 위해 "하늘의 별은 딸 수 없으니 강변에서 별 모양의 돌을 하나 찾아달라"고 했다.

남자는 강변으로 나가 별 모양의 돌을 찾는 데 집중했다. 한 번 확인한 돌은 다시 확인하지 않기 위해 강에 던지면서 별 모양의 돌을 찾는 일을 계속했다. 돌을 찾는 손끝은 물집이 생겼고 수없이 돌을 집어 던진 어깨는 아팠지만 포기하지 않고 반복적으로 해 나간 끝에 드디어 별 모양의 돌을 발견하고 "찾았다"고 탄성을 질렀다.

하지만 그동안 했던 습관적인 행동으로 그만 돌을 강으로 던지고 말았다. 남자는 낙담했지만 과정을 모두 지켜본 여성은 남자의 끈기 있는 노력에 감동하여 청혼을 받아들였다.

행동은 일단 한 번 하면 두 번째 하기는 쉽다. 먹고 자는 것에서부터 생각하고 반응하는 것에 이르기까지 어떤 행동이든 습관이 될 수 있다. 습관을 어떻게 길들이느냐에 따라 인간의 모습은 달라진다.

버릇은 처음에는 보이지도 않는 거미줄처럼 가볍지만 머지않아 습관이 되어 자신의 생각과 행동을 묶는 밧줄이 된다. 습관의 사슬

▲ 고흐 〈술 마시는 사람들〉

술 한 잔이 또 한 잔을 불러 술 마시는 습관이 된다

은 거의 느낄 수 없을 정도로 가늘지만, 깨달았을 때는 이미 끊을 수 없을 정도로 완강하다.

평범한 습관이 모여 비범한 운명을 만든다. 작은 습관의 차이가 인생을 가른다. 성공은 작은 습관이 쌓여 이루어진 건축물이다. 작은 것, 쉬운 것부터 시작하면서 행동을 다스려야 한다. 사소한 작은 습관이 누적되어 대단한 습관을 얻게 된다. 대단한 습관은 하루아침에 얻게 되는 것이 아니다. 매일 조금씩 좋은 습관을 단련시켜야 한다.

아리스토텔레스는 말했다.

"탁월함은 훈련과 습관이 만들어낸 작품이다. 탁월한 사람이라서 올바르게 행동하는 것이 아니라, 올바르게 행동하기 때문에 탁월한 사람이 되는 것이다. 습관이 자신의 모습을 만든다."

습관은 제2의 천성으로 운명의 연결고리다. 생각이 말이 되고, 말이 행동이 되고, 행동이 습관이 되고, 습관이 인격이 되고, 인격이 운명이 된다. 생각하고 행동하고 성취하는 모든 것들이 습관의 결과다. 처음에는 자신이 습관을 만들지만, 그다음에는 습관이 자신을 만든다.

평소하는 행동이 습관이 되면 밥 먹고 잠드는 일처럼 자연스러워진다. 인사하는 습관, 옷 입는 습관, 책 읽는 습관, 돈 쓰는 습관, 상대의 이야기를 진지하게 듣는 습관, 상대의 입장을 배려할 줄 아는 습관, 아이들이나 어려움에 부닥친 사람을 보면 감싸고 도와주는 습관, 사물의 이면을 관찰하는 습관 등, 헤아릴 수 없이 많은 습관이 모여서 인격을 만든다.

좋은 습관은 인격을 바꾸어 놓지만 나쁜 습관은 숙명이 된다. 나쁜 습관은 처음에는 '이래서는 안 되지.' 의식하면서도 스스로 자기 합리화를 하게 되고 한 번, 두 번 횟수를 거듭하면서 그다음부터는 무의식적으로 자연스럽게 받아들인다. 나쁜 습관은 느리게 점차 진행하여 자신이 알기도 전에 이미 습관화되고, 습관의 지배를 받게 된다. 나쁜 습관에 지배당하지 않고 정복해야 한다. 자신의 미래를 망가뜨릴 나쁜 습관을 단호하게 깨뜨려야 한다.

좋은 습관으로 바꾸기 위해서는 하기 싫은 일을 감당해야 한다. 좋은 습관을 길들이기 위해서는 억지로라도 집중력과 인내를 발휘해야 한다. 예를 들어 운동을 처음 시작하면 얼마 동안은 온몸이 쑤시고 아프지만 그 고비만 잘 이겨내면 의식적인 노력 없이도 운동이 자연스러워지고 점차 운동하지 않으면 못 견딜 정도로 습관화된다.

미국의 어느 주부가 백일장에 응모한 시이다.
'풍성한 거품, 상쾌한 개숫물, 뽀드득한 접시에서 행복을 느끼면 설거지가 습관이 되듯이, 술도 한잔이 또 한잔을 부르지요.'

나쁜 습관은 좋은 습관으로 극복되므로 경쟁이 되는 좋은 새 습관을 길러야 한다. 옛 습관의 반복을 중단하고 새로운 방식의 행동을 훈련할 때 오래된 습관은 약해지고 무의식 세계에서 물러난다.

▲ 디에고 벨라스케스 〈술주정꾼들〉

습관이 성공으로 이끌기도 하고
실패의 나락으로 떨어뜨리기도 한다

새로운 좋은 습관을 익히면 훨씬 더 많은 즐거움과 보상을 가져다 준다.

습관은 삶의 동반자로서 조력자이기도 하지만 무거운 짐이 되기도 한다. 습관이 성공으로 이끌기도 하고 실패의 나락으로 떨어뜨리기도 한다. 습관은 성공한 사람에게는 충성스러운 하인이고, 실패한 사람에게는 난폭한 주인이다. 어떤 습관을 익히느냐에 따라 성공과 실패를 결정짓게 된다. 좋은 습관은 어렵게 형성되지만 성공으로 이끌고, 나쁜 습관은 쉽게 형성되지만 실패로 이끈다.

새로운 습관을 형성하는 데는 눈 깜짝할 사이에서부터 몇 년에 이르기까지 다양하다. 새 습관이 형성되는 속도는 특정 방식의 행동을 결심하게 된 감정의 깊이와 농도에 따라 결정된다. 성공한 사람은 실패하는 사람이 어쩌다 하는 일을 매일 한다. 매일 하는 일을 좋은 습관으로 바꾸면 성공할 수 있다. 좋은 습관을 확고하고 강력하게 자신의 몸에 배게 해야 한다.

평소 생활을 지배하고 있는 습관을 좋은 습관으로 몸에 배게 하는 데는 21일 동안 꾸준히 의식적으로 노력해야 한다는 '21일 법칙'이 있다. 이는 인간의 뇌는 충분히 반복되지 않은 행동은 받아들여지지 않는데, 생체리듬으로 자리를 잡는 데 최소한 21일 소요되기 때문이라는 것이다. 21일은 생각이 대뇌피질에서 뇌간까지 내려가는 데 걸리는 최소한의 시간으로 그때부터는 의식하지 않아도 행하는 습관화가 이루어진나는 것이다.

뭔가 이루고 난 다음에는 성공

권력의 정점에 있던 대통령이 퇴임 후 자살하거나 재임 중에 탄핵으로 물러나 교도소로 가고, 선대로부터 기업을 물려받은 재벌 회장이 파산하여 자살하고, 자수성가로 성공신화를 이룬 기업가나 정치인, 연예인 등 유명 인사도 자살했다. 평범한 사람들도 나름대로 성공을 거두었으나 관리를 잘하지 못하여 망하는 일이 비일비재하다.

인간은 누구나 성공을 꿈꾸면서 달려간다. 삶에 성공을 이루는 것도 중요하지만 성공을 이룬 후에 관리를 잘하는 것이 더욱 중요하다. 그렇지 않으면 패가망신 정도가 아니라 목숨까지 끊게 되는 경우도 있다. 성공하기를 바란 사람이 막상 성공하고 나면 어떻게 해야 할지 모르는 경우가 많다. 성공을 추구할 때보다 성공한 다음의 성공관리가 오히려 더 힘든 법이다.

성공을 잘 관리하지 않으면 자만과 오만에 빠져서 "내가 이렇게 해서 성공했으니까 내 방식이 맞다"고 하면서 자신의 성공 방식을 답습하기 시작한다. 이렇게 되면 자신의 성공에 도취하여 독단으로 흐르고 과욕을 부려 추락의 길을 걸으면서 영광이 오욕으로 바뀐다. 더 이상의 혁신이나 변화가 없어 고인 물처럼 썩게 마련이다.

과거의 성공이 오늘도 내일도 통할 것이라 생각한다면 교만이다.

▲ 장 오귀스트 도미니크 앵그르 〈옥좌에 앉은 나폴레옹〉

성공을 추구할 때보다 성공한 다음의 성공관리가 오히려 힘든 법이다 과거의 영광에 머무르는 사람에게 기다리는 건 미래의 실패뿐이다. 과거에 성공한 방식을 고수하고 반복함으로써 변화와 혁신에 눈감는다면 패배의 나락으로 떨어지고 말 것이다.

수탉 두 마리가 암탉을 차지하기 위해 치열하게 싸워 마침내 승패가 났다. 싸움에서 진 수탉은 깊은 상처를 입고 구석으로 숨어버렸다. 반면에 이긴 수탉은 승리에 도취하여 담장 위에 올라가 "꼬끼오~" 하고 함성을 내지르며 뽐냈다.

그때 함성을 들은 독수리 한 마리가 쏜살같이 날아와 담장 위의 수탉을 낚아채 가버리고 싸움에서 져 구석에 있던 수탉이 암탉을 차지하게 되었다.

뭔가 이루었다고 생각하는 순간부터 위기의식을 가져야 한다. 성공에서 안전함이라는 환상과 싸워야 한다. 위기의식이 없으면 온실의 화초처럼 안주하게 된다. 위기의식은 변화와 혁신의 원동력이다. 안주하면 변화 속에서 살아남을 수 없다. 끝없이 갈구하고 혁신하고 창조해야 한다.

성공은 여행이지 목적지가 아니다. 성공은 일순간의 대박을 뜻하는 것이 아니라 평생에 걸쳐 노력하는 과정이다. 어떤 목표에 도달하고 나면 또 다른 목표를 향해 가야 한다.

하나의 목표를 달성한 후 이에 머무르고 지킬 생각만 한다면 지켜지지도 않을 뿐만 아니라 몰락이 시작된다. 정한 목표를 달성하고 나면 해이해지는 마음을 경계하면서 더 높은 목표를 정하고 도전해 나가야 한다.

성공에 만족하지 않아야 더 큰 성공을 낳을 수 있다. 중요한 것은 지금 성공했느냐가 아니라, 더 큰 성공을 위해 지금 무엇을 하고 있느냐 하는 것이다. 무엇을 더 잘할 수 있었는지, 무엇을 할 수 있고 해야 하는지를 생각해야 한다. 잘나갈 때 초심을 잃지 않는 겸손함은 선택이 아니라 필수이다. 긴장을 늦추지 않고 겸허한 자세로 자신을 통제하면서 새로운 도전과 변화에 부응해야 한다.

소위 말해 출세하여 임기가 있는 자리에 당선되거나 임명된 사람이 자칫 그 자리가 영원한 것처럼 행동하는 경우가 많다. 하지만 환호의 현관을 지나 행복의 방으로 들어선 자는 언젠가는 집 밖으로 나오게 되어 있다.

인생에는 밀물의 때가 있고 썰물의 때가 있다. 밀물과 썰물의 때를 아는 사람은 밀물의 때를 만났다고 교만하지 않는다. 곧 썰물의 때가 올 줄을 알기 때문이다. 성공도 밀물과 썰물처럼 교체가 있기 마련이다. 등장할 때의 갈채보다는 행복한 퇴장을 염두에 두어야 한다.

벽을 향해 공을 던져 보라. 힘이 세면 단번에 손끝으로 공이 되돌아온다. 사물은 절정에 이르면 반드시 반동이 생긴다. 절정에까지 이르지 않도록 하면 반동은 생기지 않는다. 어리석은 사람은 절정에 이르게 된 것을 기뻐하지만 똑똑한 사람은 오히려 그 반동을 두려

▲ 피터르 브뤼헐 〈바벨탑〉

성공에 안주하면 사상누각처럼 되고 만다

▲ 렘브란트 〈돌에 맞아 죽는 성 스테파누스〉

성공관리를 하지 못하면 패가망신 정도가 아니라
목숨까지 잃게 되는 경우도 있다

위한다.

　최고의 전성기는 오래 지속하지 않으며 언젠가는 내리막길이 시작된다. 꽉 찬 것은 곧 쇠퇴의 길목에 서 있음을 반증한다.

　산에 오르는 것보다 내려오기가 오히려 더 힘들다. 중요한 것은 등장할 때의 갈채가 아니라 물러날 때 다른 사람들이 느끼는 감정이다. 나가는 문지방까지 행운과 함께 한 사람은 드물다. 등장하는 사람에게 환영이 일반적이듯 퇴장하는 사람은 비난받기 쉬우므로 평소에 끝을 생각하고 신중하게 행동해야 한다.

일어나 다시 뛰어라 실패

한 장군이 전쟁에 패배하고 동굴 속으로 숨어 들어가서 패배를 치욕으로 여기고 목숨을 끊으려고 했다. 그때 동굴 입구에 매달린 거미 한 마리를 보았다. 거미는 열심히 거미줄을 쳤지만 불어오는 바람 때문에 번번이 실패했다. 한참 동안 유심히 바라보던 끝에 거미는 열 번째에 거미줄 치는 것에 성공했다.

그 모습을 본 장군은 '그래 난 이제 겨우 한 번 실패했을 뿐이야' 라고 생각하고 동굴을 나와 전장에 합류했다.

격렬하고 정신없는 전쟁과 같은 인생에서 실패하지 않는 사람은 없다. 목표를 향해 최선을 다해도 실패할 때가 있다. 실패는 신이 내린 선물이다. 인간은 실패가 허락된 유일한 창조물이다. 신이 다시 일어서는 법을 가르쳐 더 멀리 가게 하려고, 더 큰 뜻을 품게 해서 더 크게 쓰려고, 쓰러뜨림이라는 일시적인 고통을 안겨주었다고 위안해라. 성급해서 참고 기다리지 못할 뿐이지 신은 결코 부축이나 도움의 손길을 늦추지 않는다. 신이 인간의 극복하는 능력을 시험하기 위해 쓰러뜨렸다고 여겨라.

가끔 잘못된 결정을 내리는 것이 자연스러운 인생이다. 언제나 옳은 결정을 하는 사람은 아무도 없다. 실패가 족쇄가 되지 않도록 실

▲ 들라크루아 〈부상병의 갈증〉

전쟁과 같은 인생에서 실패하지 않는 사람은 없다

▲ 고흐 〈지겨운 인생〉

실패를 두고 자신을 비난하고 자학해서는 안 된다

패한 것으로 자신을 비난하고 자학해서는 안 된다. 실패에서 다시 일어서야 하는 것이 인생이다. 넘어져서 다시 일어나 노력해야 할 때 좌절하여 주저앉아버리면 안 된다. 인생에서 중요한 것은 실패하지 않는 것이 아니라 실패해도 좌절하지 않고 다시 일어나는 데 있다.

지하철 객차 안에서 장사를 하는 중년의 아저씨가 승객을 향해 "자 여러분께 좋은 물건 하나 소개하려고 합니다. 이것은 우리가 매일 쓰는 칫솔입니다"라고 하면서 이 칫솔의 좋은 점과 한 개에 천원이라고 말한 다음에 앉아 있는 승객들에게 하나씩 나누어 주고는 말을 이어갔다.

"자, 여러분, 여기서 제가 몇 개나 팔 수 있을까요? 여러분도 궁금하시죠? 저도 궁금합니다." 잠시 후 결과가 나왔다. "칫솔 두 개에 2천 원 팔았습니다. 저는 크게 실망하지만 포기하지 않습니다. 왜냐하면 다음 칸이 있으니까요."

성공한 사람의 뒤에는 그만큼 아니, 그 이상의 실패가 자리하고 있다. 실패 후에 좌절하느냐 다시 일어서느냐 하는 것이 성공과 실배를 결정한다. 실패에 굴복하는 것만이 실패이다. 안 되는 것이 실패가 아니라 포기하는 것이 실패이다. 성공은 넘어질 때마다 일어나는 사람에게 오는 것이다.

실패를 실험이며 성공의 과정이며 투자라고 생각해야 한다. 실패는 성공으로 가는 중간역이지 종착역은 아니다. 성공은 대개 실패라는 시행착오를 통해서 온다. 실패하지 않는 유일한 길은 아무런 시도도 하지 않는 것이다. 성공하는 사람은 실패하지 않는 사람이 아니라 포기하지 않고 다시 도전하는 사람이다.

실패를 했을 때 자신을 돌이켜보고 반성하면 인생의 좋은 약이 된다. 하지만 남의 탓으로 돌리며 책임을 회피하면 자신을 향한 칼이 되어 돌아온다. 반성은 성공의 길을 여는 것이지만, 회피는 완전한 실패로 떨어지는 길이다.

실패에서 다시 일어나라는 것은 계속 매달리라는 것이 아니다. 산산이 조각난 항아리는 다시 붙여도 소용이 없다. 이를 다시 붙이는 것은 헛된 노력이다. 다시 새 항아리를 가지고 물을 길어야 한다. 어쩔 도리가 없거나 결론이 난 일은 다시 시도할 필요가 없다. 버린다는 것은 다시 시도하는 것만큼 중요하다. 버릴 것은 버려야 한다.

신은 한쪽 문을 열어 놓고 다른 쪽 문을 닫는다. 닫힌 문을 너무 쳐다보면 열려 있는 등 뒤의 문을 보지 못한다. 버리고 더 나은 방향을 찾아 나갈 수 있어야 한다. 버리고 떠난다는 것은 포기하는 것이 아니라 움직이는 것이며 꿈을 실현하기 위한 방향 전환이다. 삶의 방향키를 바꾸는 새로운 도전의 시작으로 용기이며 결단이다.

버리고 비워야 새것이 들어설 수 있다. 버리고 비우는 일은 적극적인 삶의 자세이며 지혜로운 삶의 선택이다. 때로는 포기란 단순한 포기가 아니라 더 큰 것, 더 나은 길로 가기 위해 감수하고 희생해야 할 부분이다.

▲ 조반니 바티스타 티에폴로 〈웅변의 힘〉

실패는 다시 일어서는 법을 가르쳐
더 멀리 뛰게 하려는 것이다

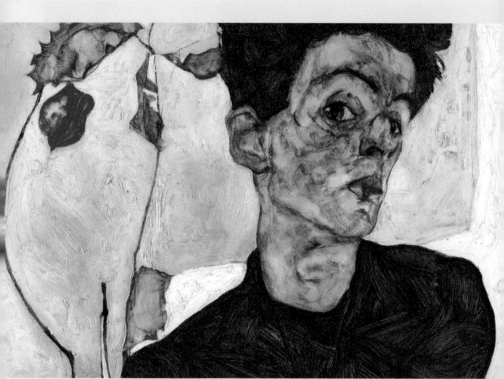

▲ 에곤 실레 〈자화상〉

제3장
퀘렌시아Querencia를 찾아서

에곤 실레 〈빨간 브라우스와 왈리〉

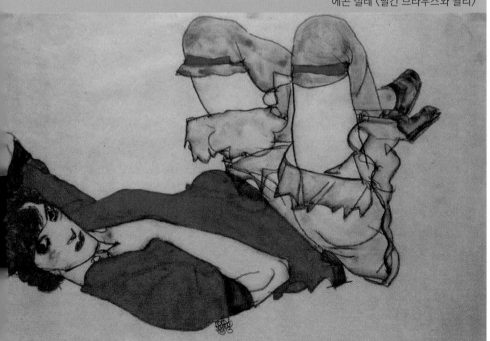

인생의 동반자 가족

한 아버지가 대학을 졸업하고 원하던 직장에 입사한 아들과 술잔을 기울이며 대화를 나누었다. 아버지가 아들에게 "나에게 여러 면이 있겠지만 어떤 면이 가장 좋다고 생각하니" 하고 묻자 아들은 "아버지가 어머니를 사랑하시는 게 가장 좋아 보여요"라고 대답했다.

그 대답을 듣고 아버지는 "부부가 사랑하는 건 당연한데 왜 그것이 가장 좋다고 생각하니"라고 하자 아들은 "부부가 서로 사랑하지 않으면서 살아가는 사람도 많잖아요. 아버지가 어머니를 사랑하기 때문에 어머니가 행복해하시면서 받은 사랑을 우리 자식들에 베푸니 우리 가족이 화목하고 행복한 가정을 이루고 있다고 생각해요. 서로를 아끼고 사랑하는 부모님이 너무나도 존경스러워요"라고 했다.

주위를 보면 가족과 화목하게 지내는 경우가 많지만, 불화로 인해여러 문제를 일으키는 경우도 비일비재하다. 어쩌면 너무나 가까이있기에, 막역한 사이이기에 당연한 관계로 여기며 소중함을 간과하기에 일어나는 일이다.

인간이 태어나서 맨 처음 관계를 맺는 것은 부모이며 처음으로 접하는 공동체는 가족이다. 가족은 부모와 자녀가 함께 만들어가는

▲ 레오나르도 다 빈치 〈리타의 성모〉

인간이 태어나서 맨 처음 관계를 맺는 것은 부모이며 가족이다

▲ 마티스 〈가족 풍경〉

가정은 생명의 산실이며 행복의 원천이다

운명공동체로 삶을 시작하는 출발점이다. 가족의 의미는 단순한 사랑이 아니라 힘과 정신적인 안정감의 원천이다. 몸이 아프거나, 남으로부터 상처를 받거나, 어려운 일이 닥치면 가족이 커다란 울타리가 되고 용기의 샘물이 된다.

가족은 절망에서 삶의 방향을 밝혀주는 희망의 등불이다. 아무리 사는 것이 힘들어도 가족의 연대감이 축소되거나 변질되어서는 안 된다. 가족이야말로 희망임을 명심하고 가족 간의 유대를 더욱 단단히 다져나가야 한다.

가정은 생명의 산실이며 행복의 원천이다. 행복한 가정에서 상처와 아픔은 싸매지고 슬픔은 나뉘고 기쁨은 배가 된다. 가정은 구성원 간의 희생이 없이는 영위되지 못한다. 행복한 보금자리는 그저 되는 것이 아니라 구성원인 가족들이 스스로 만들어 가는 것이다.

호화주택에 살면서 다투며 사는 가정이 있는가 하면 오막살이 안에서도 웃음과 노래가 가득한 가정이 있다. 비록 가진 것은 많지 않아도 사랑이 있고 꿈이 있고 내일의 희망이 있으면 행복한 가정이다. 가정을 행복하게 만드는 것은 건물이나 가구에 있지 않고 마음에 있고 정신 속에 있다. 좋은 집에 살려고 하기보다 행복한 가정을 이루어야 한다.

왜소증을 가진 남녀가 결혼하여 임신을 했다. 부부는 왜소증 아이가 태어날까 걱정했지만 다행히 정상적인 딸아이가 태어나 건강하게 자랐다. 부부는 사랑하는 아이를 데리고 다니는 것이 행복이었지만 딸이 사춘기인 중학생이 되자 왜소한 부모 모습을 다른 사람에게 보이는 것이 상처가 될까 봐 함께 다니지 않았다.

부부는 학교 근처 시장에서 장사했는데 하루는 딸이 친구들과 함께 군것질하기 위해 시장 안으로 걸어오는 모습을 보고 부부는 당황했다. 그때였다. "엄마! 아빠!" 딸은 즐거운 모습으로 부부에게 달려와서 친구들을 인사시켰다.

가족(Family)이란 단어는 '아버지, 어머니, 나는 그대를 사랑합니다. (Father, Mother, I love you).'라는 문장에서 각 단어의 첫 글자를 합성한 것이다. 행복한 가족관계를 형성하기 위해서는 "사랑한다. 고맙다. 미안하다"라는 말을 적극적으로 자주 해야 한다.

인생의 길목에서 평생 함께하면서 죽음에 이르러 마지막까지 배웅해주는 사람은 가족이다. 가족은 사랑과 나눔의 시작인 동시에 끝이다. 가족이 내일도 곁에 남아 줄지는 아무도 모른다. 인생은 짧고 소중한 사람과 함께할 시간은 더 짧다. 멀리 떠나기 전에 시간 있을 때마다 함께 하며 즐기고 사랑해야 한다. 오늘이 지나면 다시 못 볼 사람처럼 가족을 대해야 한다.

바쁜 일상 속에서 친구나 외부 사람들에게는 관심과 배려를 아끼지 않으면서 정작 가족에게는 타성에 젖어 소홀히 대하는 경우가 많다. 예의를 갖추기는커녕 함부로 대하면서 무시한다. 가족에 대한 무관심은 죄악이다. "너무 바빠요. 피곤해요. 내키지 않아요. 싫어요. 못 가요" 하면서 가족들과 보낼 수도 있는 시간에 냉정하게 굴고

인생에 그림이 찾아왔다

▲ 드가 〈펠레리 가족〉

인생은 짧고 소중한 사람과 함께할 시간은 더 짧다

있지는 않은지 반성해 보자.

아버지의 손을 잡아보거나, 어머니를 안아드리거나, 부모님의 손톱을 깎아드리거나 발을 씻겨드리거나 등을 밀어드리거나 어깨를 주물러 드리거나 한 적이 있는지, 있다면 언제 했는지 떠올려 보자. 결혼했다면 "여보 사랑해, 당신 힘들지"를, 자녀를 포용하며 "너를 사랑한단다"를 실천하고 있는지를 생각해 보자.

세상에서 가장 소중한 사람은 가족이므로 다른 누구보다도 가족에게 더 많은 친절과 배려를 행동으로 보여야 한다. 내 곁에 가족들이 있음을 기뻐하며 사랑의 눈으로 바라보아야 한다. 그동안 숱하게 이야기를 나누면서도 이해하지 못했던 소중함과 사랑이라는 감정을 고요히 느껴보자.

행복한 가족 관계를 이루기 위해서는 첫째, 가족 간에 고마움이나 사랑을 말이나 행동으로 표현하는 감사(Appreciation)가 있어야한다. 둘째, 가족의 유익과 명예를 위하여 헌신(Commitment)하는 태도가 있어야 한다. 셋째, 가족 간의 대화와 의논하는 소통(Communication)이 자주 있어야 한다. 넷째, 가족과 함께 시간(Time Together)을 되도록 많이 가지면서 유대를 강화해야 한다. 다섯째, 낙관주의, 윤리적 가치관, 박애 정신 등 가족의 정신적 건강(Spiritual Wellness)이 있어야 한다. 여섯째, 가족이 어려운 문제에 부닥쳤을 때 극복 능력(Coping Ability)을 갖추어야 한다.

인생에서 가장 중요한 조건 건강

위대한 성취를 이룬 훌륭한 사람들이 건강을 잃고 쓰러져 투병 생활을 하거나 죽음으로 내몰린 경우를 자주 보게 된다. 대기업 회장도 갑자기 쓰러져 오랜 기간 병상에 있으며 창의적인 발명으로 세상을 바꾼 스티브 잡스도 췌장암에 걸려 마지막 생을 생명 보조 장치에 의지하다가 마감했다.

인생에서 가장 중요한 것은 건강이다. 건강은 행복한 삶의 필수조건이다. 건강이 허락하지 않으면 꿈도 소용없고 앞으로 이루어 나갈 계획도 아무런 의미가 없다. 건강해야 활력이 넘치며 삶에 기쁨과 보람을 느낀다. 건강하지 않으면 아무리 강건한 의지를 갖췄다고 해도 나약해질 수밖에 없다.

흔히 병이 들고 나서야 건강의 중요성을 깨닫는다. 건강할 때 건강의 고마움을 깨닫지 못하는 것은 불행한 일이며 건강을 과신하는 것은 생명을 갉아먹는 결과를 가져온다. 스스로 자신의 몸을 돌보고 챙겨야 한다. 발병하고 나서 고치려 하지 말고 병을 예방해야 한다.

건강에 위기를 맞으면 세심한 관심과 보살핌이 필요하다. 병에 걸리면 자신의 몸으로 징후를 느낀다. 처음에는 미세한 느낌으로, 나중에는 아픈 느낌으로, 그래도 조치를 취하지 않으면 큰 고통을 느끼게 된다. 건강에 위기가 오기 전에 절제하고 돌보고 챙겨야 한다.

유명한 의사가 건강 강의에서 다음과 같이 말했다.

"나보다 훨씬 훌륭한 세 명의 의사를 소개하겠습니다. 그 의사의 이름은 음식과 수면과 운동입니다. 음식은 과식하지 말고 위의 75%만 채우세요. 수면은 밤 12시 이전에 자고 해뜨기 전에 일어나세요. 운동은 열심히 걸으십시오. 그리고 여기에다 두 가지 약을 함께 복용해야 정신도 건강해집니다. 육체만 건강한 것은 반쪽 건강입니다. 정신 건강을 위해 함께할 두 가지 약은 바로 웃음과 사랑입니다."

건강의 기본 원칙은 잘 먹고, 잘 자고, 휴식을 취하고, 적당한 운동을 하는 것이다. 좋은 물과 좋은 공기를 마시고, 심호흡과 명상도 하고, 열심히 사랑하고 감사의 마음을 품고, 좋아하는 일을 하는 것이 건강을 제대로 관리하는 방법이다.

신체는 음식과 물을 원재료로 신진대사를 하며 유지되고 있다. 음식은 신체와 정신 활동을 하는 데 필요한 생명력을 공급해주지만, 과식은 육체와 정신에 큰 해가 되므로, 양보다 질을 중시하여 적당량의 식사를 해야 한다. 필요한 영양소를 지닌 몸에 이로운 음식을 골고루 먹어야 하며 인스턴트, 단순당 등 해로운 음식을 멀리해야 한다. 물은 노폐물을 배설시켜 건강과 체중 감량에 도움을 주므로 하루 2리터의 물을 충분히 마시는 게 좋으며 담배는 백해무익

▲ 세잔 〈사과와 오렌지〉

건강의 최우선은 몸에 이로운 음식을
골고루 먹어야 한다

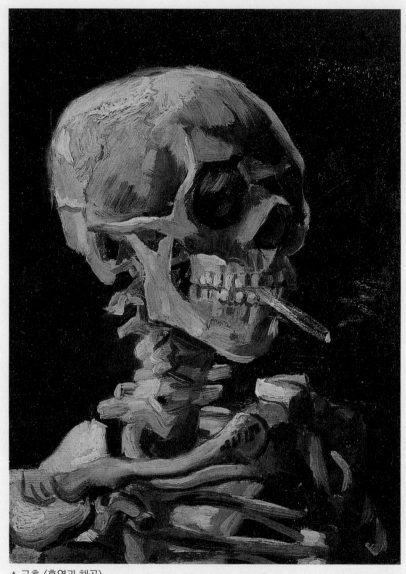

▲ 고흐 〈흡연과 해골〉

담배가 해로운 것은 인생의 조건인 건강을 허물기 때문이다이니 피우지 말아야 한다.

적당한 수면이 건강에 중요하다. 잠이 부족하면 피로가 쌓이며 너무 많이 자도 피로가 쌓이고 무기력해진다. 적당히 잠을 자면 몸과 마음이 상쾌해진다. 또한 적당한 휴식이 필요하다. 일만 열심히 하다 보면 신체적으로 정신적으로 피로가 쌓여 면역력이 떨어져 질병을 불러온다. 적당한 수면과 휴식은 보약과 같은 것이므로 낭비가 아니라 삶에서 꼭 필요한 시간이라 여기고 실천해야 한다.

인간의 기능은 신체기관에 의해 유지되고 보호된다. 신체기관을 활발히 움직여야 건강할 수 있다. 운동에 시간을 할애하는 것은 인생을 경제적으로 보내는 것이다. 운동에 시간을 투자하지 않으면 병에 걸려서 더 많은 시간을 병상에서 보내야 하기 때문이다. 적당한 운동을 통해 신체를 단련해야 한다.

건강은 신체뿐만 아니라 정서와 정신 상태를 좌우하는 엄청난 힘을 발휘한다. 몸 상태가 좋지 않으면 곧 마음에 갈등, 긴장, 근심 등을 가져온다. 신체의 모든 움직임도 정신 상태와 밀접하게 연관되어 있다. 마음속의 억압된 감정이 질병을 부르므로 되도록이면 신경은 적게 쓰도록 해야 한다. 신경을 너무 쓰면 건강을 잃으므로 정신적인 긴장이 계속되지 않도록 주의해야 한다. 마음이 평안해야 건강이 유지되므로 분노와 격정과 같은 격렬한 감정의 혼란을 피해야 한다. 최고의 양약은 웃음과 사랑이다. 웃음과 사랑이야말로 몸과 마음을 치료하는 명약이다.

퀘렌시아(Querencia)를 찾아서 휴식

퀘렌시아(Querencia)는 스페인어로 '안식처'라는 뜻으로 투우경기장에서 투우사와 싸우다가 지친 소가 잠시 숨 고르기를 하는 장소를 말한다. 여기서 숨을 몰아쉬고 에너지를 모아 다시 투우경기장으로 나가 싸운다. 인생이란 투우장에서와 마찬가지로 사람도 힘들고 지쳤을 때 회복을 위한 안식처인 퀘렌시아가 필요하다. 사람은 각자 자신의 퀘렌시아가 있다. 그것은 여행, 운동, 낚시, 산책, 독서, 음악 감상, 전시회 관람, 사랑, 기도, 명상 등이 있을 것이다.

몸을 너무 혹사하고 있지는 않은가? 왜 그렇게 쉬지 않고 달리는 것인가? 가장 위험한 자동차는 브레이크가 고장 난 차다. 멈춰야 할 때 멈추지 못하면 사고가 난다. 휴식은 어느 날 갑자기 멈춰서는 위기를 막을 수 있는 인생의 브레이크다.

휴식이 없는 인생은 숨이 차서 멀리 가지 못한다. 쉬지 않고 계속 일하면 판단력을 잃게 된다. 휴식을 해야 일이 재미있고 좋은 성과도 올린다. 일 전체가 한눈에 들어오면서 어디에 조화나 균형이 부족한지 자세하게 보이면서 최상의 결과를 만들어낸다.

많은 사람이 자신이 느끼지 못할 정도로 일중독(Workaholic)에 걸려 때로는 과로사로 내몰리기도 한다. 이런 사람은 일하지 않으면

▲ 마네 〈풀밭 위의 점심 식사〉

휴식이 쫓기는 일상에 여유와 평화를 가져다준다

▲ 앙리 루소 〈잠자는 집시〉

휴식은 단순히 쉬는 것만이 아니라
가장 편안한 상태로 들어가 쉬는 것이다

불안해지고 일에 대한 강박감에 젖어 쉼 없이 일에만 몰두하는 것이다. 자신을 돌보지 않고 일에만 몰두하는 사람에게는 쉬는 것보다 어려운 일이 없다. 나를 위한 여유로운 시간을 누려야 한다.

'School(학교)'은 '여가'를 뜻하는 그리스어 'Schole'에서 유래되었다. 당시에는 지적 호기심을 기르는 데 여가를 활용하였다. 쉬는 것은 낭비가 아니다. 많은 창조적 일들이 휴식을 취한 후에 만들어진다. 휴식은 멈춤이 아니라 더 멀리 뛰기 위한 재충전이다. 진정한 휴식은 심신을 회복하게 해준다. 휴식을 통해 얻은 활력, 편안함, 개운함을 통해 하는 일에 집중할 수 있고 창의성을 발휘할 수 있다.

삶의 현장은 쉬지 말고 길을 가라고 재촉하지만 멈추어 쉬는 시간이 필요하다. 일이라는 삶의 심각성으로부터 때때로 벗어나야 한다. 휴식이 쫓기는 일상에 여유와 평화를 가져다준다. 바쁜 일상 속에서 가끔 자신을 풀어주면서 충분히 쉬도록 해라.

휴식이란 단순히 쉬는 것만은 아니다. 휴식은 가장 편안한 상태로 들어가 쉬는 것으로 육체와 정신을 관리하는 것이다. 휴식은 제대로 취해야 한다. 휴식은 얼마나 쉬느냐가 아니라 어떻게 쉬느냐가 중요하다. 몸은 편히 쉴 수는 있어도 마음의 휴식을 취하기는 쉽지 않다. 쉬기 위해 찾아간 여행지에서도 마음이 편치 않다면 그건 제대로 쉬었다고 할 수 없다. 마음을 쉬는 것도 연습이 필요하다. 무슨 생각이건 이어가려 하지 말고 마음을 쉬게 하는 연습을 해야 한다.

연습이 쌓이다 보면 삶에 여유가 생기고 세상이 달리 보이게 된다. 가만히 자신의 내면을 들여다보면 내면의 찌꺼기는 가라앉고 마음의 평화가 올 것이다. 무슨 행동이건 계속하려는 마음을 순간적으로 멈추며 '잠깐만' 하고 스스로 '동작 그만' 명령을 내려라.

바다를 본 것이 언제였는가? 아침의 냄새를 맡아 본 것은 언제였는가? 새로운 음식을 맛보고 즐긴 것은 언제였는가? 이국적인 풍물을 본 것은 언제였는가? 푸른 초원에 앉아 나뭇잎 흔들리는 소리, 새가 지저귀는 소리, 시냇물 흘러가는 소리, 좋아하는 음악을 들어 보라. 파란 하늘에 유유히 떠가는 구름을 바라보라. 발상의 벽에 부딪히면 바다나 강가로 나가 낚싯줄을 드리우라. 파도와 바람 그리고 햇볕으로부터 아이디어를 낚아라.

자연은 휴식하는 자에게 말해 준다. '몸의 소리를 들어라', '맑은 눈을 뜨라', '아름다움을 배우라'고. 지친 몸과 영혼도 씻어내고, 잃어버린 나를 다시 찾게 된다. 지친 영혼은 생기를 얻고 맑고 따뜻한 시선으로 세상을 바라보게 된다. 가끔은 멈춰 서서 주위를 살펴보면 지금까지 인식하지 못했던 세상을 발견할 수 있다. 가끔 혼자서 전혀 가보지 않았던 곳을 찾아가 보라.

여행은 움직이는 것으로 살아있음을 느끼게 한다. 삶을 풍요롭고 여유 있게 만들고 행복으로 이끌어주면서 일과 생존 투쟁에서 벗어난 삶이 어떤 것인지 보여준다. 여행은 새로움을 시도하는 것이다.

▲ 고흐 〈카라반, 아를 주위의 집시 캠프〉

여행은 움직이는 길 위의 학교이다

새로운 인연으로 사람을 만나고 새롭고 신기한 뜻밖의 것들과의 조
우를 통해 인생을 풍요롭게 한다. 여행은 낯선 것과 만남이다. 낯선
골목에서 문득 들려오는 달콤한 음악처럼 예상치 못한 기쁨을 준다.

여행은 움직이는 길 위의 학교로 새로운 시각과 넓은 시야로 삶을
배우게 한다. 마음의 눈을 뜨게 하고 가슴을 열게 하면서 자신의 삶
을 생각하는 여유를 갖게 한다. 여행은 정신을 다시금 맑고 젊어지
게 하여 인생을 설계하는 시간을 주고 창조적 영감을 얻게 한다.

여행은 휴식이어야 한다. 어디를 가서 무엇을 보든 휴식이 없는
여행은 또 다른 형태의 노동이다. 여행은 새롭고 낯선 일상 속에서
의 게으름이어야 한다. 신체가 허약해지면 여행 의욕도 사라진다.
돈을 버느라 인생의 황금기를 탕진하지 말고 여행을 떠나고 싶다면
하루라도 빨리 조금 멀리 떠나라.

인생에 그림이 찾아왔다

호모루덴스(Homo Ludens) 놀이

사업에 어느 정도 성공하여 자수성가한 중년이 암에 걸려 일 년 여 투병하다가 사망을 했다. 장례식장에서 중년의 아내는 돈 벌려고 그렇게 일만 하다가 돈 한 번 제대로 쓰지 못하고 사망했다면서 계속 넋두리했다.

누구든지 내일 죽음을 맞이한다면 '좀 더 일할 걸' 하면서 후회하기보다는 '좀 더 취미 생활을 할 걸, 좀 더 재미있는 놀이를 할 걸' 하는 회환이 들 것이다.

많은 사람이 놀이를 갈망하면서도 욕구를 억제하면서 놀이를 멀리한 채 살아가고 있다. 성공이라는 사다리를 올라타기 위해 놀이를 통한 즐거움을 잊어버리고 있다. 일만 열심히 하는 것은 삶을 균형 잃은 지루한 것으로 만든다. 일하는 법도 알고 노는 법도 알아야 한다. 너무 심각하게 살지 말고 삶에 순수한 놀이의 시간을 끌어들여야 한다.

'호모루덴스(Homo Ludens)'는 '유희인(遊戱人)'이라 번역하며 인간은 본래 놀이를 좋아한다는 개념이다. 놀이는 어린 시절의 소일거리가 아니라 일평생 즐겨야 할 자연스러운 본능이다. 인간은 세상에 태어

▲ 대 피터르 브뤼헐 〈아이들의 놀이〉

놀이는 어린 시절 뿐만 아니라
일평생 즐겨야 할 자연스러운 인간 본능이다

나면서 놀이를 접하게 되며 일생을 마감하는 순간까지도 끊임없이 놀이하고 싶어 한다.

인간은 놀이를 사랑하는 동물이다. 놀이할 때에 가장 인간적이다. 인간에게 놀이가 없다면 그저 그렇게 살아가는 활력 없는 피조물이 되고 말 것이다. 사회가 지나치게 합리성을 강조하고 진지하기만 하여 놀이를 하찮게 여긴다면 활력을 잃고 정체되고 말 것이다.

놀이를 공부나 열심히 일하는 것과 반대되는 개념으로 간주하여 게으름과 동일시해서는 안 된다. 놀이는 오늘날 강조되고 요구되는 창의성과 감성의 원천이다. 각종 창의적인 활동과 문화의 에너지원이며 지성과 감성의 균형을 이루어 역동적인 사회 분위기 조성에도 중요한 역할을 한다.

놀이는 삶을 알차고 풍부하게 한다. 논다는 것은 인생에 즐거움과 만족감을 더해 준다. 놀이를 통해 생활에 활기가 넘치고 다양한 놀이 활동을 통해 돈독한 인간관계를 형성한다.

놀이는 삶의 균형을 잡아주며 정신을 맑게 해주어 병이 끼어들 여지가 없도록 하는 데 도움을 준다. 피로를 풀고 스트레스를 해소하여 기분 전환과 생활 의욕을 높이는 데 효용이 높다. 건강을 지키기 위해 평소 다양한 놀이를 해야 한다. 하지만 놀이에 과다하게 몰입되지 않도록 주의해야 한다. 놀이라고 해서 무조건 아무거나 해서는 안 되며 과도한 음주나 도박, 마약 같은 것은 절대 삼가야 한다.

일에 몰두하여 일에서 기쁨을 느낄 수 있는 사람은 놀이에서도 기쁨을 느낄 수가 있다. 진지하게 일에 종사하기 때문에 마음도 몸도 놀이를 철저하게 즐길 수 있다. 일할 때와 마찬가지로 놀 때도 빈둥빈둥하면 안 된다. 놀 때는 노는 데 집중해야 한다.

즐거운 듯이 보이는 놀이가 아니라 자신이 정말로 즐거워하는 놀이를 해야 한다. 자신의 놀이를 찾아내어 맘껏 즐겨야 한다. 놀이할 때는 어린아이가 되어야 한다. 어린아이는 놀이를 통해 무엇인가를 달성하려고 하지 않는다. 놀이를 놀이 그 자체로 즐길 뿐이다. 놀이에서 목적을 추구하면 놀이 자체의 즐거움조차 잃는다. 놀이할 때 무엇인가를 달성하겠다는 생각을 버려야 한다.

자신을 칭칭 동여매고 살아가면 안 된다. 스스로 가두고 묶지 말고 마음의 빗장을 풀고 에너지 충전과 회복을 위한 놀이할 시간을 가져야 한다. 이것이 인생을 풍요롭게 하고 행복한 삶을 가능하게 한다.

프로이트는 사랑, 일, 놀이를 3대 행복의 조건이라 말했다. 지금 하는 일, 지금 하는 사랑을 놀이로 만들 줄 아는 여유만 있으면 행복할 수 있다는 것이다. 놀이를 별도의 놀이가 아니라 자신의 현재 삶을 승화시키는 자세가 필요하다.

▲ 세잔 〈카드 놀이하는 사람들〉

삶을 너무 심각하게 살지 말고
삶에 순수한 놀이의 시간을 끌어들여야 한다

▲ 마네 〈뱃놀이〉

마음의 빗장을 풀고 에너지 충전과 회복을 위한
놀이할 시간을 가져야 한다

밝게 만드는 마술 웃음

한 청년이 집을 떠나 먼 곳으로 가게 되었다. 떠나기 전날, 아버지는 큰 거울이 있는 거실로 아들을 불러 얼굴을 잔뜩 찡그리게 하고 거울을 보게 한 다음에 어떤 느낌이 드느냐고 물었다. 아들이 우울한 기분이 든다고 대답하자, "그러면 거울을 웃게 하려면 어떻게 해야 하지" 하고 재차 묻자 "제가 웃으면 되지요" 하고 대답했다.

아버지는 활짝 웃으며 "앞으로 사람을 만날 때는 거울을 보고 있다고 생각해라. 거울이 스스로 웃을 수 없듯이 상대방을 웃게 하려면 네가 먼저 미소를 지어야 한다. 어떤 사람에게도 미소 지을 수 있다면 반드시 성공할 거야"라고 말했다.

찰리 채플린은 "거울은 나의 최고로 좋은 친구다. 내가 울 때 거울은 결코 웃지 않는다. 웃음 없는 하루는 낭비한 하루다"라고 했다.

웃음은 자신과 상대방을 밝게 만드는 마술이다. 매력적으로 아름답게 웃는 얼굴은 자신과 상대방의 마음마저 행복하게 만든다. 웃음은 사람을 다가오게 하는 마력이 있다. 웃는 사람은 개방적이고 친절하며 즐겁고 행복한 사람이라는 이미지를 주면서 상대방 마음의 문을 열게 한다. 인간관계에 있어서 상대방이 미소 짓기를 기다리지 말고 먼저 환한 웃음을 건네려고 노력해야 한다. 웃는 얼굴로 먼저 인사를 건네면 상대방도 따라서 환하게 웃게 되어있다.

인생을 살면서 많이 웃고 적게 웃는 차이는 있어도 웃지 않는 사람은 아무도 없다. 인간에게만 있는 웃음은 영혼의 음악이다. 얼굴은 마음의 움직임과 상태를 예민하게 반영하므로 웃는 얼굴은 보석과 같다. 웃음은 인생이라는 토스트에 바른 잼이다. 잼이 빵의 풍미를 더 해주고, 빵을 마르지 않게 하며, 먹기 좋게 해주듯이 웃음은 삶에 맛을 더해주고 메마르지 않게 하며 즐겁게 살만한 세상이 되게 해준다.

웃음은 아무리 웃어도 비용이 들지 않고 줄어들지 않는 보물이다. 행복하기 때문에 웃는 것이 아니라 웃기 때문에 행복해진다. 삶에 화를 쫓아내고 복을 부르는 기적을 가져오는 열쇠다. 웃음을 통해 내면에 있는 긍정 에너지가 발현된다. 뇌에서 생성되는 호르몬인 엔도르핀을 분비시켜 고통과 긴장, 우울증을 없애 준다.

웃음은 삶의 어려움을 이겨내게 하는 처방전이다. 웃음은 얼굴에 흔적을 남기지 않지만 눈물은 얼굴에 자국을 남긴다. 인생이 아무리 힘겹게 느껴지더라도 웃을 수 있다면 무엇이든 이겨낼 수 있다. 삶과 자신에 대해 웃을 수 있는 사람이 되어야 한다.

웃음에도 품위라는 게 있다. 볼품없이 지나치게 큰 소리로 웃는 것은 하찮은 일에서만 기뻐하는 사람이라는 것을 증명하는 꼴이다. 툭하면 보기 싫게 박장대소하는 것은 천박하다는 것을 내보이는 짓이다. 쓸데없는 얘기를 하면서 실실 웃으면 상대방에 대해 비웃음으로 오인된다. 천한 장난이나 시시한 일을 보고 깔깔거리고 웃어서도

▲ 프란스 할스 〈웃고 있는 기사〉

웃음은 자신과 상대방을 밝게 만드는 마술이다

안 된다. 분별 있는 사람은 천박하게 웃기지도 않고, 웃지도 않는다. 될 수 있는 한 소리를 줄이고 미소 짓는다. 웃을만한 가치가 있을 때 마음이 풍요롭고 표정이 밝은 자연스러운 웃음을 지어야 한다.

공개 강의를 하는 강당에서 강사를 소개하고 강의를 시작하려고 하는데도 웅성거리는 소리가 들렸다. 그러자 강사를 소개하는 진행자가 "강사님은 왼쪽 팔이 하나밖에 없습니다." 말이 떨어지자마자 장내가 조용해지면서 청중들의 눈과 귀가 강사에게 집중되었다.

그러자 진행자는 미소를 지으면서 "선생님은 물론 오른팔도 하나밖에 없습니다." 청중들이 "와"하고 웃음을 터뜨리면서 강의가 시작되었다.

재치 있는 유머는 주위를 환기해 분위기를 반전시킨다. 유머는 좋은 인상을 주고 긍정의 에너지를 발산하면서 원활한 대화와 감정의 거리를 좁힌다. 삶의 여정에는 곳곳에 웃음거리가 놓여있으니 재미있고 즐거운 웃음 요소를 찾아내야 한다.

유머 감각이 있는 사람은 유머를 발휘하여 자신을 주목하게 하고 온화한 느낌을 주면서 사랑받는다. 유머 감각은 조금만 다르게 보고 관심을 기울이며 노력하면 가질 수 있는 재능이다.

유머는 개방적이고 유연한 자신의 내면에서 배어 나와 사고의 창의성과 유연성을 보여주어야 한다. 남을 기쁘게 하려고 사용하되,

▲ 레오나르도 디 빈치 〈세례자 요한〉

분별 있는 사람은 천박하게 웃지 않는다

▲ 할스 〈류트를 켜는 광대〉

품위있는 유머 감각은 삶을 풍요롭게 한다

마음을 상하게 사용되어서는 안 된다. 잘 담근 간장이나 소스처럼 유머는 양념 역할이 되어야 한다.

분별없는 익살을 떨면 진지하게 말할 때도 남들이 믿지 않게 된다. 음담패설이나 부적절한 것은 피하고 재치 있는 유머를 해야 한다. 농담만 하거나 말장난만 즐겨서 익살꾼이라는 평판을 듣지 말고 품위 있는 유머 감각의 소유자가 되어야 한다. 이를 통해 주위를 밝게 만드는 마술을 구사하게 된다.

자발적 노예 사랑

프랭클린 루스벨트는 39세에 소아마비에 걸려 휠체어를 타야만 했다. 절망에 빠진 그를 지켜보던 아내 헬레나는 어느 날 남편의 휠체어를 밀면서 "다리는 불편해졌지만 그렇다고 당신이 달라진 건 하나도 없어요"라고 하자 남편은 "이렇게 장애가 생겼는데 나를 사랑하겠소?" 아내는 웃으면서 "무슨 그런 섭섭한 말을 하세요. 내가 지금까지 당신의 두 다리를 사랑한 게 아니에요"라고 대답했다. 부부는 함께 환하게 웃었다.

루스벨트는 헬레나의 헌신적인 사랑에 큰 용기를 얻어 장애를 극복하고 미국의 제 32대 대통령이 되었다.

사랑하는 것이 인생이다. 기쁨이 있는 곳에, 사람과 사람 사이의 결합이 있는 곳에 사랑이 있다. 사랑은 빛나는 삶의 언어이며 영원한 주제다. 사랑은 행복을 바라보며 쾌활한 분위기 속에 존재하며 값을 헤아릴 수 없을 정도로 귀중하며 세상을 새롭고 생기 넘치게 하는 신성한 열정이다. 인간의 영원한 멜로디이며 찬란함과 성스러움을 더해준다.

사랑의 빛은 현재를 아름답게 하고 미래를 밝혀준다. 사랑은 존경과 찬미의 결과로 마음을 정화하고 앙양시킨다. 사랑은 다른 대가

▲ 얀 반 에이크 〈아르놀피니 부부의 결혼〉

사랑하는 사람을 만난다는 것은 신이 맺어준 인연이다

▲ 에곤 실레 〈연인 남녀〉

사랑은 상대의 욕구를 충족시켜주기 위한
자발적 반응이다

를 바라지 않으며 사랑만을 바랄 뿐이다.

사랑하는 사람을 만난다는 것은 신이 맺어준 인연이다. 이토록 넓은 세상에서, 이토록 많은 사람 중에 사랑의 인연을 맺는다는 것은 눈부시게 아름다운 기적이다.

사랑은 여행과 같다. 나를 떠나 황홀한 꿈을 꾸면서 사랑하는 사람의 세상으로, 영혼으로 들어가는 것이다. 상대방의 생활과 성장에 대한 적극적인 관심이며, 상대의 욕구를 충족시켜주기 위한 자발적 반응이고, 상대방의 개성을 존중할 줄 아는 태도, 그리고 서로가 무엇을 느끼고 바라는지를 아는 이심전심(以心傳心)이다.

사랑하면 최상의 헌신을 하게 된다. 사랑하는 남녀가 육체적 관계로 하나가 된다는 것은 서로에게 완전히 헌신하는 것이다. 이기심을 버리고 상대방에게 집중하며 스스로 자발적 노예가 되는 것이다.

사랑은 곡선이며 나아가 곡선으로 만든 직선이다. 부드러움과 여유가 없다면 마찰을 일으킨다. 곡선은 부드러움과 여유로움을 선물한다. 직선과 곡선의 조화에서 우러나온 사랑이 삶의 원동력이다. 인생은 거침없이 내닫는 직선이 아니라 온갖 어려움을 경험하며 곡선의 여유를 배운다. 사랑이 곡선인 것은 모든 것을 포용하기 때문이다.

사랑은 명사가 아닌 동사로서 행동하는 것이다. 사랑은 움직이는 것이며, 감동하게 하는 것이며, 감동되는 것이며, 변화시키는 것이며, 변화되는 것이다. 사랑보다 더 탁월하고 효과적인 치유는 없다.

진정한 기적은 사랑을 통해 일어난다.

사랑이란 서로 마주 보는 것이 아니라 둘이서 똑같은 방향을 내다보는 것이다. 자신과 다른 환경과 상황에서 살아 온 사람을 이해하면서 함께 기쁨의 다리를 건너는 것이다. 차이를 부정하는 것이 아니라 차이를 인정하는 것이다. 사랑하는 사이에 무수한 차이가 있다는 사실을 깨닫는다면, 상호 간의 차이와 거리를 사랑할 수 있다면 상대방의 전부를 바라볼 수 있게 된다. 차이는 사랑의 대상이다. 차이를 인정하면서 기뻐야 할 때는 기쁨을 나누고, 서러움, 번민, 고통의 상태에 있을 때는 이를 함께 나누며 극복해 나가야 한다. 마음이 불편하고 흔들려도 한결같은 믿음과 사랑으로 가꾸고 다듬어 나가야 한다.

칼릴 지브란의 〈사랑과 결혼의 시〉에 나오는 구절이다.
서로 사랑하라
그러나 사랑으로 구속하지는 마라
그보다 너희 혼과 혼의 두 언덕 사이에
출렁이는 바다를 놓아두라

사랑하는 두 사람이 처음에는 한동안 구름 위를 걷는 것처럼 영원할 것 같은 행복감에 젖는다. 하지만 언젠가는 현실로 되돌아와서는 때로는 마음이 불편하고 흔들리기도 한다. 이때 믿음과 사랑으로 다듬고 가꾸어나가야 비로소 성숙한 사랑의 가능성이 열린다.

▲ 구스타프 크림트 〈키스〉

서로 사랑하라 그러나 사랑으로 구속하지는 마라

사랑은 상대방에 대한 희망적이고 너그러운 생각이다. 인간 상호 간의 신뢰를 구축하는 최선의 실천행위이다. 자비롭고 온유하며 진실하며 존중과 배려로 이루어진다. 상대방의 가장 밝은 면에 관심을 기울이며 마음을 표현할 때 비로소 성숙한다.

진정한 사랑을 위해서는 A B C D E F G의 일곱 가지 자세가 필요하다. 상대방을 있는 그대로 인정하고 받아들이며(Accept), 믿으며(Believe), 배려하고 돌보며(Care), 원하고 바라며(Desire), 단점과 허물을 지워버리며(Erase), 실수와 잘못을 용서하며(Forgive), 베풀어 주는(Give) 것이다.

유쾌한 오르가즘 쾌락

아리스토텔레스는 "우리는 보는 것이나 듣는 것에 대해서 즐겁다고 말한다. 모든 감성에는 거기에 대응하는 쾌락이 생긴다. 또한 감성이 최선의 상태에 있으면서 최선의 대상에 대해서 활동할 때에 두드러지게 쾌락이 생긴다. 가령 음악가는 음률에 관해서 청각으로 활동하고, 학문을 사랑하는 사람은 이론으로 활동한다. 쾌락은 이러한 활동들을 완전케 하므로 쾌락을 찾는 것은 당연한 일이다"라고 하면서 쾌락을 긍정적으로 보고 있다.

에리히 프롬은 "쾌락이란 능동성의 충족과는 무관한 욕망의 충족이다. 사회적 성공을 거두거나 돈을 많이 버는 데서 느끼는 쾌락, 성적 쾌락, 먹는 데서 느끼는 쾌락, 사냥이나 경주에서 이기는 쾌락, 음주·환각·약품 등에 의해 고양된 상태 등에서 느끼는 쾌락은 진정한 기쁨을 주지 못해 더 자극적인 쾌락을 추구한다"라고 하면서 쾌락을 부정적으로 보고 있다.

쾌락은 감성의 만족이나 욕망의 충족에서 오는 유쾌한 감정이다. 쾌락은 육체적인 말초적 감각기관에 대해 느껴지는 감정만이 아니라 자아를 실현하거나 어떤 일에 성공하거나 만족했을 때 느껴지는

▲ 로댕 〈키스〉

쾌락을 추구하는 것은 인간 본연의 모습이다

지적·정신적 성취감을 포괄한다. 문화 공연을 관람하고 예술 작품을 감상하면서 온몸에 전율을 느끼기도 하고 심오한 지식을 쌓고 어려운 문제를 풀며 흥분하기도 하고 아름다운 풍경을 보며 황홀경에 빠지기도 한다.

뇌에는 쾌락을 일으키는 '쾌락 중추'라는 부분이 있는데 정신적 혹은 육체적 행위로 자극하면 기쁨, 흥분, 환희 같은 기초적인 감정부터 전율, 오르가슴, 무아지경에 이르는 황홀감까지 느낀다. 쾌락은 오랫동안 유지되는 것이 아니라 순식간에 왔다가 사라지므로 인간은 끊임없이 쾌락 중추를 자극하려고 시도한다. 맛있는 음식을 먹고, 운동하고, 사랑하는 사람과 스킨십 하면서 오감을 자극한다.

쾌락을 추구하는 것은 인간 본연의 모습이다. 인간은 행복 추구를 삶의 목적으로 꼽는다. 행복은 즐거움을 느끼는 상태이고 쾌락이 충족된 상태다. 인간은 쾌락을 통해 행복감을 느끼며 인간의 행위는 쾌락의 증가와 고통의 감소를 목적으로 한다. 쾌락을 추구하는 태도와 행위는 자신의 감정에 솔직하고 자신에게 충실하며 활동을 완전하게 한다. 쾌락은 행동의 부산물로서 자체가 목적이 되어서는 안 된다. 자신에게 충실한 행동의 결과로써 쾌락을 느낄 때 진정한 보람과 의미를 느낄 수 있다.

쾌락을 찬양한 에피쿠로스가 한 말이다.
방황하는 나그네들이여,
여기야말로 당신이 거처할 진정 좋은 곳이요.

여기에 우리가 추구해야 할 최고의 선(善), 즐거움이 있습니다.

현대 사회는 쾌락 지향적 사회다. 쾌락을 절대적인 선으로 보는 것은 문제가 있지만, 절대적인 악으로 부정적으로만 보는 것도 바람직하지 않다. 건전하고 생산적인 쾌락은 장려되어야 한다. 쾌락 자체를 부정적으로 보는 사고는 지양되어야 한다. 쾌락은 활기찬 생명의 감각을 부여하여 열정적으로 활동하게 하는 긍정적 역할을 한다. 쾌락을 통해 활기차고 풍요로운 삶의 의식을 지닐 수 있으며 인생의 목표에 도달할 힘을 얻을 수 있다.

쾌락은 삶에서 필요한 것이지만 무절제에 빠져 버리거나 편협하고 잘못된 형태의 쾌락을 추구하면 안 된다. 나아가 자신의 진정한 정체성을 찾지 못하고 내적으로 쌓인 불만과 공허감을 다른 대상을 통해 해소하게 함으로써 쾌락에 중독되어서는 안 된다. 지나친 소비문화로 정신이 황폐해져서는 안 된다. 개인의 보람된 삶과 공동체의 질서를 유지하기 위해서 요청되는 많은 공동선이 피해를 보거나 희생당하기 때문이다.

지금 우리 사회는 물신주의에 입각한 과도한 물욕의 추구, 극히 순간적인 환각제에 대한 탐닉, 말초신경의 자극에만 치중한 오락 산업의 번창 등으로 혼란을 겪고 있다. 이는 편협하고 잘못된 형태로 쾌락을 추구하는 과정에서 나타난 문제들이다. 이런 진정한 기쁨이 없는 순간적이고 향락적 쾌락은 금기되어야 한다.

하지만 쾌락 추구 자체를 나쁜 것으로 매도하거나 부정적으로 보

인생에 그림이 찾아왔다

▲ 로트랙 〈쾌락의 여왕〉

무절제에 빠져 버리거나 편협하고 잘못된 형태의 쾌락은

진정한 쾌락이 아니다

▲ 로트렉 〈물랑루즈에서〉

지나친 쾌락적인 소비문화가 문제인 것은

정신을 황폐화시키기 때문이다

아서는 안 된다. 육체적인 쾌락이나 물질적인 쾌락보다는 정신적인 쾌락을 지향하여 몸과 마음이 건강해지고 보다 풍성하고 행복한 삶을 이루어 나가야 한다.

인생을 이끄는 힘 욕망

    정치인, 교수, 검사, 성직자, 시인, 감독, 연극 연출가, 배우 등 다양한 사람들이 성적 욕망을 억제하지 못하고 성희롱, 성추행, 성폭행을 저질러 '미투' 열풍에 따른 피해자의 폭로로 일순간에 인생의 나락으로 떨어지고 있다.

    욕망은 인간이 무엇을 가지고자, 누리고자, 하고자 간절히 바라는 마음이다. 삶에 있어서 욕망을 품는다는 것은 필연적이다. 인간의 삶을 행복하고 유익하게 하려는 노력과 성취는 기본적 욕구 이상의 것이다. 욕망에는 두 가지 성질의 욕망, 즉 식욕이나 성욕과 같은 본능적 욕망과 명예욕이나 성취욕, 소유욕 같은 사회적 욕망이 있다. 사람은 욕망을 본능적으로, 무의식적으로 추구하기도 하고 분별력과 지혜를 발휘하여 의식적으로 추구하기도 한다.

    욕망은 삶의 원동력으로 어떤 특정한 행동을 하도록 동기를 부여한다. 인간의 노력은 욕망의 성취와 관련이 되어 있다. 욕망이 이루어지면 만족감이나 행복감을 느끼고, 이루어지지 않으면 불쾌감, 좌절감, 번뇌 등을 느낀다. 바람직한 욕망의 추구는 삶을 풍요롭게 한다.

    욕망이란 인간의 삶의 안정과 행복의 증진을 위하여 꼭 있어야 하

▲ 쿠르베 〈잠〉

욕망은 삶의 원동력이다

며 지속해서 다듬어 나가야 한다. 인간은 욕망을 계발함으로써 창의적이고 개성적인 인간의 창조, 사회의 발전이 가능하다. 욕망을 억제할 것이 아니라 인정하고 발산시켜야 한다.

바람직한 욕망이란 자신이 원하는 일에 대한 순수한 열정과 구체적인 행동이다. 자신의 인생을 더 나은 방향으로 이끄는 힘이다. 더 나은 인생을 위해 자신을 발전시키고자 하는 현명한 욕심이며 원동력이다. 삶의 근본적인 힘은 꿈을 이루고자 하는 욕망이 있기 때문이다. 성공을 위해서는 자신이 무엇을 바라는지 욕망을 알아야 한다. 바람직한 욕망의 씨앗을 마음에 심어야 한다.

법정 스님은 소욕지족(少欲知足)을 강조하면서 "작은 것과 적은 것으로 만족할 줄 알아야 한다. 우리가 누리는 행복은 크고 많은 것에서보다는 작은 것과 적은 것 속에 있다. 크고 많은 것만을 원하면 그 욕망을 채울 길이 없다. 작은 것과 적은 것 속에 삶의 향기인 아름다움과 고마움이 스며있다."고 했다.

인간의 삶은 자칫 더 많이 가지기 위한 삶인 것처럼 보인다. '소유'는 보편적으로 가지는 욕망으로 생활의 정상적인 기능이다. 물질은 삶을 구성하는 중요한 대상이다. 하지만 소유에 대한 집착과 욕망이 강해지면 여러 문제점이 나타난다. 소유에 대한 합리적이고 건강한 인식을 해야 한다.

욕망의 추구가 무한정 허용될 수는 없다. 인간은 추구하던 욕망

▲ 브론치노 〈욕망의 알레고리〉

인간이 욕망을 갖는 것은 당연하지만 제어할 줄도 알아야 한다

▲ 르브룅 〈마리 앙투아네트〉

소유에 대한 집착과 욕망은 무절제로 파멸의 길이 기다린다이 채워지면 거기에 만족하는 것이 아니라 또 다른 욕망을 추구한다. 인간의 욕망은 무한하므로 절제하지 않으면 개인만이 아니라 주위나 조직, 사회까지도 큰 피해를 준다.

인간이 욕망을 무절제하게 분출하면 약육강식의 논리로 무절제와 무분별이 판을 치게 된다. 수많은 전쟁과 살육, 개인과 집단의 이기주의, 자연환경의 파괴, 마약, 도박, 사치, 충동, 향응과 수뢰 등 타락 현상의 근원에는 욕망의 무절제라는 문제가 내재되어 있다. 욕망의 과도한 추구로 인한 타락과 파멸의 가능성을 항상 경계해야 한다.

인간의 욕망을 제거하는 것만이 능사가 아니다. 욕망을 완전히 제거한다면 가난과 질병의 퇴치, 안락한 물질적 조건의 획득과 향상을 통한 사회적 환경의 개선이 이루어질 수 없다. 욕망이 있기 때문에 사회적 환경이 개선되고 발전된다.

욕망을 절제하여 함께 공존하면서 나갈 수 있는 공동선을 추구해야 한다. 사회가 유지될 수 있는 것은 개인의 내적 욕망이 타인과의 관계 속에서 절제되고 조화를 이루는 쪽으로 승화되기 때문이다.

욕망은 잘 조절하여 활용하면 삶의 동력이 될 수도 있고, 조절하지 못한 상태로 탐닉하면 괴로움의 뿌리가 될 수도 있다. 인간의 삶의 안정과 행복의 증진을 위해 욕망을 추구하면서 절제하고 지속해서 다듬어 나가야 한다.

수도원과 감옥의 차이 감사

시골에 사는 한 노인이 항상 즐거운 표정을 짓는 모습을 하고 있어 하루는 이웃에 사는 청년이 물었다. "어르신께서는 왜 그렇게 매사에 싱글벙글 즐거워하십니까?"

그러자 노인이 허허 웃으며 대답했다. "내가 삶에 감사하는 이유는 무엇보다 동물로 태어날 수도 있었는데 사람으로 태어난 것을 생각하면 감사하지 않을 수 없지. 다음으로는 내가 80세가 넘은 지금까지 아픈 데 없이 건강한 몸으로 농사일을 할 수 있으니 즐거울 수밖에 없지 않겠는가? 이런 생각이 들 때마다 즐거워서 춤도 추고 싶은 마음이 들기도 하네."

삶 자체에 감사한 마음을 가지면서 살기란 쉽지 않다. 항상 무언가 부족하여 채워지지 않는 것 같은 마음으로 살아가기 일쑤다. 아무리 가진 것이 많아도 감사하는 마음이 없으면 가난한 사람이다. 가진 것이 적을지라도 자신이 가진 것에 감사할 줄 안다면 진정한 부자이다.

삶에 부족함을 느끼면서도 현재 자신이 가지고 있는 것에 대해 생각해 보면 놀랍게도 자신이 많은 것을 가지고 있음을 알게 된다. 평소에 자신이 가진 소중한 것에 대해 감사할 줄 알아야 하지만 안타

인생에 그림이 찾아왔다

깝게도 소중한 것을 잃고 나서야 소중함을 깨닫게 되는 경우가 많다. 지금 가지고 있는 것들에 감사하면서 선용해야 가지고 있지 않은 상황을 개선해 나갈 수 있다.

작은 것에 감사해야 큰 것에도 감사할 수 있으므로 소소한 일상에도 감사할 줄 알아야 한다. 맛있는 식사를 하는 것, 하루를 무사히 마친 것, 지저귀는 새소리를 들을 수 있는 것, 아름다운 꽃 한 송이를 볼 수 있는 것, 싱그러운 아침 햇살과 맑은 공기를 접할 수 있는 것, 그리고 새로운 하루를 살아갈 건강한 몸이야말로 감사해야 할 놀라운 선물이다.

감사하는 마음은 다른 사람을 향하는 감정이 아니라 자기 자신에게 즐거움과 행복을 가져다주는 감정이다. 삶을 풍요롭게 해주는 확실한 방법이며 삶이 지속하도록 해 주는 윤활유이다. 불평불만으로 살아간다면 결코 행복할 수 없다. 감사하는 마음으로 살아가야 감사해야 할 일들이 이어질 수 있다. 더 많은 기쁨, 더 많은 건강, 더 많은 돈, 더 놀라운 경험, 더 많은 멋진 인간관계, 더 많은 기회를 돌려받게 된다.

수도원과 감옥은 공통점과 차이점이 있다. 공통점은 세상과 격리되어 있다는 점이며 차이점은 수도원 사람들은 스스로 결단한 격리된 환경에 대해서 감사하지만, 감옥에 있는 사람은 강제로 격리된 생활에 불평한다. 만약 죄수가 수도자와 같은 '감사의 마음'을 가지면 감옥이 수도원이 될 것이고, 반면에 수도자가 죄수와 같은 '불평

▲ 고흐 〈오베르의 성당〉

수도원 사람이 고귀한 것은 스스로 결단한 격리된 환경에
감사하는 마음이 바탕이 되기 때문이다

의 마음'을 가지면 수도원이 감옥이 될 것이다. 마음에 감옥을 두고 사느냐, 마음에 수도원을 두고 사느냐는 스스로 선택의 몫이다.

어떠한 상황에서도 좋은 면을 보려고 한다면 삶이 감사로 가득함을 알게 된다. 극한적인 상황에 있다고 상상해보면 일상적인 것, 아무렇지도 않게 여기는 것들까지도 소중함을 깨닫게 될 것이다. 평소에는 당연한 것처럼 여겨지던 것을 잃고 나면 그것에 얼마나 감사해야 했는지를 비로소 깨닫게 된다. 건강을 잃고 나면 건강함에 얼마나 감사해야 했는지를, 돈을 잃고 나면 비록 조그마한 돈이라도 가졌음에 얼마나 감사해야 했는지를 뼈저리게 느낄 것이다.

인생에는 항상 두 가지 측면이 있다. 삶에서 '즐거움을 끄집어내느냐', '고통을 끄집어내느냐'이다. 감사를 택할 것인지 불평을 택할 것인지는 마음먹기에 달려있다. 현재 상황에 감사할 줄 안다면 행복하고 충만한 삶을 살아갈 수 있다. 환경이 바뀔 기다릴 것이 아니라 주어진 상황에 감사하는 긍정적 사고를 해야 한다.

피아니스트 출신인 파데레프스키가 폴란드 총리 시절 폴란드는 1차 세계대전으로 인하여 극심한 식량난에 처했다. 여러 유럽 국가에 식량 지원을 요청했지만 거절당하여 그의 지지율은 급락했고 급기야 사퇴 압력에 시달렸다. 그러던 중 미국에서 많은 식량을 보내왔다. 그것은 당시 미국 식량 구호국 국장인 허버트 후버가 은혜에 보답하는 도움 덕분이었다.

1892년 스탠퍼드대학교 학생이던 허버트 후버는 미국에서 연주회를 열고 있던 파데레프스키를 자신의 거주지 캘리포니아로 초대하여 연주회를 개최했다. 그러나 음악회 티켓은 팔리지 않았고 허버트 후버는 파데레프스키에게 약속한 금액에서 400달러가 모자란 1,600달러만 지급했다. 그런데도 파데레프스키는 1,600달러를 장학금으로 되돌려주었다.

허버트 후버는 미국 식량 구호국장 취임 후 파데레프스키의 사정을 알고 식량을 지원해 그를 위기에서 벗어나게 했으며 나중에 미국의 제31대 대통령이 되었다.

누구나 주위로부터 많은 도움을 받으면서 살아가고 있는데 감사하는 마음을 가져야 한다. 도움은 상호적이어야 한다. 감사해야 할 일에 눈을 감거나 외면하거나 무반응해서는 안 된다. 감사한 마음을 표현하면 관계가 단단해진다.

괴테는 "은혜를 모르는 인간은 인간으로서의 근본적인 결함으로 삶에서 무능한 사람이다. 타인의 은혜에 감사할 줄 아는 마음은 건실한 인간의 첫 번째 조건이다"라고 했다. 감사하는 마음을 표현하면 어느 누구에게나 좋은 친구나 동반자가 될 수 있다.

누구나 평생 가져야 할 태도가 있다면 지금 이 순간에 늘 감사하며 살아야 한다.

▲ 고흐 〈감옥 마당에서 죄수들의 운동 시간〉

죄수가 강제로 격리된 생활에 불평한다면
감사하는 마음으로 바뀌지 않는 한 계속해서 불평할 것이다

베아티투도(Beatitudo) 행복

베아티투도(Beatitudo)는 행복을 뜻하는 라틴어이다. '행복하게 하다'는 베오(beo)라는 동사와 '마음가짐이나 태도'를 뜻하는 아티투도(atitudo)라는 명사가 합친 단어이다. 즉 베아티투도는 '마음먹기에 따라 행복해질 수 있다'는 뜻이다.

어떤 사람이 일류대학을 졸업하고 원하는 직장에 취직해 열심히 근무했다. 그는 중요한 목표를 자동차 구매로 정하고 친구에게 "자동차 살 만큼 충분한 돈을 모으게 되면 그때는 아주 행복하게 될 거야"라고 말했다. 얼마 후 생애 처음으로 자신의 자동차를 갖게 되었다. 하지만 그는 자동차를 살 당시에 순간적인 뿌듯함은 느꼈지만 여전히 행복하지 않았다.

이제 그는 '결혼해서 안정을 취하게 되면 그때는 행복해질 거야'라고 생각했다. 결혼한 뒤에도 그는 여전히 행복하지 않았다. '집을 한 채 소유하게 되면 그때는 정말 행복할 수 있을 거야'라고 생각하고 아파트를 장만했지만 집을 사느라 빌린 은행 대출금을 다달이 갚아나가면서 행복하지는 않았다.

그러다가 은행 대출금을 다 갚아나가자 아이들의 공부 때문에 밤늦게까지 깨어 있어야만 했으며, 그가 돈을 벌어오는 족족 교육비로

▲ 라파엘로 〈방울새의 성모〉

행복은 편안하고 평온하게 가슴 가득 스미는 찰랑대는 느낌이다

충당되어야만 했다. 이제 그는 "아이들이 다 자라 안정적인 직장을 갖고 독립해서 나가면 그때는 행복할 거야"라고 아내에게 말했다.

자녀들이 독립해서 집을 떠날 때쯤에 그는 정년퇴직을 눈앞에 두고 있었다. 그는 "정년퇴직하고 나면 그때는 행복할 거야"라고 말했다. 정년퇴직하고 나서 교회를 다니기 시작하면서 "죽은 뒤에 행복한 내세가 기다리고 있을지도 모르잖아!"라고 말했다.

인생이 궁극적으로 추구하는 것은 행복이다. 행복은 찰랑대는 느낌이다. 편안하고 평온하게 가슴 가득 스미는 잔잔한 빗물 같은 것이다. 행복은 깊이 느낄 줄 알고, 단순하고 자유롭게 생각할 줄 알고, 삶에 도전할 줄 알고, 남에게 필요한 삶이 될 줄 아는 것이다.

행복의 원칙은 어떤 일을 하고, 어떤 것에 희망을 품고, 어떤 사람을 사랑하는 데 있다. 현재 직면한 삶을 즐겁고 행복하게 사는 것이 참된 삶의 태도이다. 지금 현재 하는 일, 지금 현재 가지고 있는 것, 지금 현재 사랑하는 사람을 행복한 마음으로 받아들여야 한다.

행복은 성공해야 이루어지는 것이 아니며 성공 여부를 떠나 삶의 길목에 항상 존재하고 있다. 추구하는 걸 이루는 것은 성공이지 행복이 아니며 추구하면서 좋아하는 것이 행복이다. 행복은 원하는 것이 이루어져야 얻는 것이 아니라 이루어가는 과정에서 느끼고 얻어지는 것이다. 과정은 길고 결과는 순간이기 때문에 과정이 행복해야 행복한 인생을 살아갈 수 있다.

▲ 디에고 벨라스케스 〈달걀부침을 만드는 노파〉

따뜻한 정을 나누는 소소한 일상 속에서
진정한 행복을 느낄 수 있다

행복은 멀리 있지 않고 바로 옆에 있는 친구다. 많은 사람이 행복을 멀리서 찾으려고 헤매면서 찾기가 어렵다고 말한다. 하지만 안경이 바로 코 위에 너무나 가까이 있지만 안경 자체를 의식하지 않듯이 행복이 가까이 있음에도 의식하지 못하는 것이다. 자기가 가지고 있는 것을 보지 못하고 허둥대며 다른 곳에서 행복을 찾으려고 하지 않는가? 행복이 주위에 널려 있음에도 그 행복을 놓치거나 지나친다. 찬찬히 자신의 주위에 있는 행복을 손가락으로 하나하나 꼽아가며 헤아려 보라. 행복은 자기가 가진 것 속에 있다.

행복은 미래의 목표가 아니라 현재의 선택이다. 많은 사람이 행복이 미래에 있다고 생각한다. 행복을 미래의 목표로 삼으면 현재는 불행하다는 방증이다. 행복은 먼 훗날 달성해야 할 목표가 아니라 지금 이 순간 존재하는 것으로 지금 행복을 선택해야 한다. '지금'이 바로 행복의 순간이다. '여기'가 바로 행복의 장소다.

행복은 자신을 둘러싼 환경이나 조건이 아니라 마음에서부터 시작된다. 행복은 행복하다고 마음먹은 만큼 행복해진다. 지금 이 순간 행복하기로 마음먹었다면 행복할 수 있다. 행복해지고 싶으면 행복하다고 생각해야 한다. 행복은 남이 가져다주지 않으며 내가 만들어가는 것이다.

행복한 사람은 가진 것을 사랑하고, 불행한 사람은 가지지 못한 것에 집착한다. 불행한 사람과 행복한 사람의 차이는 간명하다. 불행한 사람은 없거나 부족한 쪽을 바라보며 만족할 줄 모르면서 스스로 불행하다고 생각한다. 하지만 행복한 사람은 있는 쪽을 바라보며 만족해하면서 행복하다고 생각한다. 행복과 불행의 차이는 어느 관점에 초점을 맞추느냐이다.

행복해지려면 감사에 눈을 떠야 한다. 감사가 바로 행복의 문을 여는 열쇠다. 가지고 있지 않은 것을 채우는 것은 욕망의 충족이지 행복은 아니다. 지금 있는 상황을 받아들이고 가지고 있는 것에 감사하는 사람은 행복하다. 자신의 삶에 자족해야 행복한 사람이다.

니체는 말했다.

"행복을 위해서는 얼마나 작은 것으로도 충분한가! 정확히 말해 최소한의 것, 가장 부드러운 것, 가장 가벼운 것, 도마뱀의 살랑거리는 소리, 하나의 숨소리, 하나의 날갯짓, 하나의 눈짓. 작은 것들이 최고의 행복을 이루고 있다."

행복이란 삶의 향기가 피어나는 것으로 거창한 것에서 얻는 것이 아니라 아주 작은 것에서부터 행복을 찾아내는 자기 생각이다. 행복의 조건은 완벽하게 만족하는 것, 도달하고 완수하는 것이 아니라 지금보다 나아지기 위해 최선을 다하는 삶이다. 대단한 행운이 아니라 마음의 여유를 가지고 따뜻한 정을 나누는 소소한 일상 속에서 진정한 행복을 느낄 수 있다.

행복은 소박한 기쁨을 맛보고 그런 기쁨과 조화를 이루는 능력, 그런 기쁨을 자주 만들어내는 능력에서 오는 것이다. 먹고 싶은 것을

▲ 피에르 쇠라 〈그랑 자트 섬의 일요일 오후〉

먹고 싶은 것을 먹고, 가고 싶은 곳을 가고,

만나고 싶은 사람을 만나고, 하고 싶은 일을 하는

소담스러운 삶이 행복이다

먹을 수 있고, 가고 싶은 곳을 갈 수 있고, 만나고 싶은 사람을 만날 수 있고, 하고 싶은 일을 할 수 있는 소담스러운 삶이 행복이다.

버트런드 러셀은 말했다.
"현명한 사람은 다른 사람이 가지고 있는 어떤 것과 자신이 가진 것을 비교하면서 자신의 즐거움을 망치지 않는다."

비교는 불행으로 가는 지름길이다. 타인과 비교한다면 결코 행복해질 수 없다. 위를 비교하면 자신이 비천해지고 아래와 비교하면 교만해질 수 있다. 남과 비교한다는 것은 마음이 불안정하고 불편하다는 증거다. 정체성과 자아를 잃고 자신이 가지고 있는 향기를 감추는 것과 같다. 비교하면 다름이 보이는데 다름은 틀림이나 모자람이 아닌데도 그렇게 생각하면서 불행의 싹을 키운다. 비교하여 남의 삶을 무조건 베끼려 하지 말아야 한다.

아무런 판단 기준 없이 자신이 가진 것과 자신이 원하는 것을 비교하고, 현재의 자신을 과거와 미래와 비교하는 것은 불행의 씨앗이 될 소지가 있다. 비교하는 순간 삶의 리듬은 헝클어지고 자신의 모습과 목표가 초라해 보이기 시작한다.

판단 기준을 가지고 자신을 확실하게 이해하고 파악하면 행복의 모양새를 스스로 갖출 수 있다. 행복의 기준을 남에게 두지 말고 자신의 삶을 살아야 현재의 삶에 감사하게 된다. '어제의 나'와 '오늘의 나'를 비교하여 자신의 발전과 성장에 활용해야 한다.

▲ 도나텔로 〈청동 기마상〉

제4장
인생의 역동적 에너지

레오나르도 다빈치 〈최후의 만찬〉

인생은 문제의 연속 걱정

　어느 날, 세계적인 작가 노먼 빈센트 필 박사에게 한 청년이 찾아와 "박사님, 제 삶에 왜 이리 문제가 많은지 모르겠습니다"라고 푸념하자, 빈센트 박사는 "그래요? 그러면 내가 당신에게 아무런 문제가 없는 평화로운 곳을 소개해줄까요"라고 말했다.

　귀가 번쩍 뜨인 청년은 "그곳이 어디죠? 당장 가르쳐 주세요"라고 채근하자 다음과 같이 대답했다. "여기서 두 블록 떨어진 곳에 공동묘지가 있는데 그곳에는 아무런 문제 없이 평화롭게 누워 있어요."

　그렇다. 인생은 문제의 연속이다. 살아있는 사람은 걱정거리가 있으며 죽음과 함께 끝이 난다. 걱정거리가 있다는 것은 그만큼 생기 있게 살고 있다는 것을 나타낸다. 삶을 살면서 시시각각 어떤 걱정거리가 날아올지 알 수 없다. 그러므로 삶 자체가 걱정의 연속임을 인정하면서 살아있다는 증거임을 인식해야 한다.

　걱정하는 것은 인간 본능이다. 인간의 마음은 걱정을 내려놓지 못하며 내려놓으려 하지 않는다. 생각 속에서 마음의 짐을 내려놓지 않으면 마음속에 걱정거리를 쌓아간다.

　누구나 자신이 처한 위치와 상황에서 이런저런 걱정을 한다. 중요한 일을 걱정하기도 하지만 사소한 문제를 확대해석하여 걱정거리로

▲ 고흐 〈슬픔에 찬 노인〉

누구나 자신이 처한 위치와 상황에서 이런저런 걱정을 한다

만들거나 때로는 아무 소용이 없는 이미 일어난 일에 대한 것이거나 일어나지도 않은 미래의 일에 대해 걱정을 사서 하기도 한다.

보통사람 걱정거리의 40%는 일어나지 않은 일에 대한 걱정이며, 30%는 돌이킬 수 없는 과거의 일에 대한 걱정, 12%는 건강함에도 질병에 걸리지 않을까 하는 걱정, 10%는 아무런 문제 없는 가족에 대한 걱정이라고 한다. 즉, 걱정거리의 92%는 걱정할 필요가 없거나 걱정해도 소용없는 일이며 현재 상황에서 해결해야 할 문제에 대한 걱정은 8%뿐이다.

티베트 속담 중에 '걱정을 해서 걱정이 없어지면 걱정이 없겠네'가 있다. 걱정을 통해 문제를 해결할 수 있는 유익한 걱정이면 좋겠지만 쓸데없는 걱정은 마음만 힘들어질 뿐이다. 걱정은 문제 해결과 더 나은 발전을 위해 필요하지만 지나친 걱정은 흔들의자와 같아서 몸과 마음을 흔들어 놓으면서 마음에 평화와 행복을 앗아간다. 지나친 걱정은 자신을 불행의 열차에 올려 태우는 격이다. 걱정하면 할수록 불행 열차의 속도도 빨라진다.

걱정이 자신을 정복하게 해서는 안 된다. 걱정할 것과 걱정하지 않을 것을 구분해야 한다. 걱정은 해결할 생각이 없을 때 나타나는 현상이다. 걱정만 한다고 문제가 해결되는 것이 아니다. 걱정만 하고 아무런 노력을 기울이지 않으면 상황은 더욱 힘들어지고 불행해진다. 닥친 일 중에서 해결할 수 있는 일에 국한해서 고민해야 한다.

▲ 뭉크 〈우울〉

문제를 해결할 수 있는 유익한 걱정이 아니라
쓸데없는 걱정은 하지 말아야 한다

삶에서 걱정이 없을 수 없지만 지나친 걱정은 자신을 더욱 곤경에 빠뜨린다. 부정적인 생각으로 인한 걱정의 짐을 덜어야 한다. 걱정거리가 생길 때마다 지금 이 순간에 자신이 할 수 있고 해야 하는 일을 스스로 물어보면서 부정적인 생각을 무력화시켜야 한다. 지혜로운 사람은 걱정에 노예가 되지 않으며 자신을 에워싸고 있는 우울한 생각을 차단한다. 편안한 마음을 가지는 방법을 배워야 한다.

걱정해야 할 일은 걱정을 통해 문제를 해결해야 성장을 가져온다. 내가 하는 일에 취약한 부분은 없는지, 지금보다 더 좋은 상황을 만들 방법은 없는지 끊임없이 고민해야 발전이 있다. 일단 걱정거리에 직면하면 해결을 위해 할 수 있는 일이 있는지 없는지 판단하고 시도해야 한다. 정보를 수집하고 조언을 구하고 도움을 요청하는 등 모든 힘을 모아 실행에 옮겨야 한다. 만약 걱정거리에 대해 아무런 해결책이 없다면 걱정해도 소용없으므로 걱정거리를 떨쳐내고 기분을 전환하기 위해 다른 일에 몰입하는 것도 좋은 대안이다.

역동적 에너지 불안

유명 가수와 개그맨, 교수가 TV에 나와 자신이 극도의 두려움과 불안을 느끼는 공황장애에 걸려 치료 받고 있다고 말한다. 이런 경우는 불안 정도가 심하여 병증에 이른 경우이지만 누구에게나 정도의 차이는 있지만 삶을 영위하면서 불안을 느낀다.

불안은 삶의 조건으로 인생은 불안과 함께하는 여정이다. 인생을 살면서 한 번도 불안을 느끼지 않는 사람은 없다. 입시, 취직, 퇴직, 노후, 건강, 안전, 인간관계, 경제 위기, 자연재해, 전쟁 등 누구나 이런저런 이유로 크고 작은 불안을 느끼며 살아가게 마련이다.

인간이 불안에 빠지는 근본적 이유는 삶의 목적과 사명을 잃을 때, 자신이 이루고 싶은 것에 대해 조급함을 느낄 때, 자신과 다른 사람과 비교하여 열등감을 느낄 때, 대인기피증 등이다. 여기에다 현대 사회는 '불안의 시대'라고 지칭될 만큼 다양한 불안 현상이 나타나고 있다. 인간소외 현상에서 오는 고립감, 경제 위기, 노동으로부터의 소외, 환경 및 생태계 위험, 사고와 범죄, 건강에 대한 지나친 염려 등 수 많은 불안 요인이 있다. 이런 다양한 원인으로 많은 사람이 극도의 두려움과 불안을 느끼는 공황장애를 겪고 있기도 하다.

불안은 인간의 끊임없는 욕구와 결핍, 경쟁과 강박, 소외를 불러일

▲ 뭉크 〈불안〉

인생은 불안과 함께 살아가는 여정이다

으키는 일종의 병리 현상으로서 자살, 알코올 중독, 마약 중독 등 부정적으로 작용하기도 한다. 불안한 감정이 도화선이 되어 불행에 빠져서는 안 된다. 하지만 불안으로 인해 인간이 불안에서 벗어나려는 도전을 시도하게 하여 스포츠 참여, 신앙생활, 과학 탐구, 취미생활, 사회활동 등 역동적인 삶을 영위하게 하는 긍정적인 요소도 있다.

인간에게 내재되어 있는 궁극적인 불안감은 죽음이다. 인간은 죽음이라는 불안을 가지고 삶을 영위하는 존재이다. 불안감을 가지면서도 삶의 유한함을 깨달을수록 의미 있는 삶을 살아가게 된다. 삶의 배후에 죽음이라는 불안이 받쳐주고 있기 때문에 삶에 더욱 충실할 수 있다.

빅토르 위고는 이렇게 발했다.

"결핍과 문제에 대한 불안은 환영할 대상이다. 램프를 만들어낸 것은 어둠이었고, 나침반을 만들어낸 것은 안개였고, 탐험하게 만든 것은 배고픔이었다. 일의 진정한 가치를 깨닫기 위해서는 불안한 나날들이 필요하다."

인간사는 불안으로 점철됐지만 인간은 끊임없이 시대의 불안을 성찰하고 해결하려는 노력을 기울여 오고 있다. 인간은 자기 삶의 수준을 개선하려는 기대가 높으면 높을수록 피할 수 없는 불안과 함께 가야 하는 운명이다. 불안에서 벗어날 방법은 스스로 자신의 새로운 가능성을 계획하고 살아가는 것이다.

▲ 고흐 〈아빠는 바다에 가고〉

누구나 이런저런 이유로 크고 작은 불안을 느끼며 살아가게 마련이다 창조적 힘의 원동력은 불안이다. 그것은 불가능해 보이는 어렵고 힘든 일을 가능하게 만들어준다. 환경을 변화시키고, 자원을 동원하게 하는 촉매가 되어 문명의 진보를 불러일으키는 역동적 에너지로 작용하는 것이다.

인간은 '사회적 동물'로서 여러 사람이 화합하고 협업하면서 더불어 사는 공동체를 형성하여 불안을 줄여가면서 살아간다. 또한, 자연 현상에 대한 불안을 해소하기 위하여 과학의 진보를 통해 삶의 질을 향상할 수 있었으며 역사의 진보를 거듭하고 있다. 하지만 과학만능주의로 흘러간다면 삶의 진정한 행복을 이룰 수 없다는 사실을 인식해야 한다.

인간이 궁극적으로 추구하는 행복에 완벽하게 도달할 수 없는 이유는 불안을 완전히 해소할 수 없기 때문이다. 불안은 말끔히 해소되는 것이 아니라 여전히 존재하면서 새로운 도전을 유발한다. 불안할 때 불안감을 지우려고 해도 쉽게 지워지지 않는다. 불안감을 억지로 지우려 하기 보다는 인간에게 있어 자연스러운 현상으로 받아들이면서 해소하기 위한 준비와 노력을 해야 한다.

불안을 긴장과 갈등, 소외 등 병리 현상으로 바라보는 시각에서 전환하여 개인이나 역사 발전의 에너지로 작용하도록 긍정적인 대응을 해야 한다. 불안을 인정하면서 불안을 해소하기 위한 노력을 통하여 개인의 발전과 사회적인 역동성을 이룩해야 한다.

▲ 쿠르베 〈두려움에 미친 남자〉

불안을 삶의 원동력으로 삼아야 한다

인생의 아름다운 지우개 망각

졸업을 앞둔 대학생들을 위한 특강에서 교수가 질문했다. "나무를 톱으로 켜본 사람은 손을 들어보세요."라고 묻자 상당수 학생이 손을 들었다. "그러면 톱밥을 켜본 사람이 있습니까" 하고 묻자 아무도 대답하지 않았다.

그러자 교수는 "톱밥은 이미 켜졌기 때문에 켤 수 없습니다, 과거의 일로 후회하는 것은 톱밥을 켜려는 것처럼 아무런 소용이 없습니다."라고 말했다.

노인이 명품 도자기를 들고 길을 가다가 돌부리에 걸려 넘어져 도자기가 깨져버리고 말았다. 행인들이 안타까운 눈빛으로 노인을 바라보고 있는데, 노인은 털털 털고 일어나 깨진 도자기 조각들을 치운 다음에 담담한 표정으로 길을 걸어갔다.

그때 이 모습을 본 한 행인이 노인에게 다가가 물었다. "제가 보기에 비싼 도자기인 것 같은데 그것이 깨져버렸는데도 아무렇지도 않게 가십니까?"

그러자 노인이 대답했다. "산산이 조각난 도자기를 보고 후회한들 아무 소용이 없으니 이제는 앞을 잘 보고 조심하며 걸어가는 것이지요."

인생의 여정에서 과거에 집착해서는 안 된다. 과거의 어느 것도 바꿀 수는 없다. 과거는 다시 오지 않으며 기억해 낼 때만 존재하는 것이다. 과거에 집착하면 새로운 것이 들어설 자리는 없다. 과거가 앞으로 갈 길의 반면교사는 되겠지만 과거에 매달려 있는 한 내일을 향한 추진력을 얻을 수 없다. 과거가 현재를 가두는 감옥이어서는 안 된다.

과거에 아무리 커다란 성공을 하였든 실패를 하였든 오늘 이 시점이 중요하다. 지나간 영광이나 후회, 오래된 죄책감, 해묵은 원망을 되씹으면 현재의 문은 열리지 않는다. 과거의 잘못을 바로잡기 위해, 실패를 되풀이하지 않기 위해, 받은 은혜에 감사하고 보답하기 위해, 좋은 추억을 간직하기 위한 경우를 제외하고는 과거를 되돌아보고 회한에 잠겨서는 아무런 이득이 없다.

홈런왕을 수상한 프로야구 선수가 슬럼프에 빠져서 오랫동안 타격 부진이 계속되자 예전보다 맹훈련했지만 별다른 효과가 없었다.

그즈음에 유명한 타격 코치가 부임하여 "홈런을 잘 치던 과거를 다 잊어버리고 처음부터 다시 시작해야 한다. 타격의 기본자세부터 다시 시작해야 한다. 홈런왕을 수상했던 기억도 다 잊어버려야 한다. 예전의 그 영광을 떠올리고 거기에 집착하다 보니 타격이 부진해진 것이다"라고 했다.

그는 타격 코치의 조언에 따라 과거를 잊어버리고 새로운 마음으로 맹훈련을 거듭하여 다시금 홈런왕의 영광을 차지했다.

▲ 고흐 〈에덴동산의 추억〉

인생의 여정에서 과거에 집착하면
현재를 가두는 감옥이 된다

많은 사람이 "옛날에 나는…", "그렇게 했더라면…" 하고 과거에 집착하면서 후회와 분노와 좌절에 빠진다. 자신을 과거에서 놓아줌은 자신에 대한 사랑이며 자신의 인생에 자유를 주는 것이다. 과거가 아무리 좋은 것이든 최악의 것이든 다시 돌아오지 않는 이미 흘러간 물과 같다. 지난 일은 훌훌 털어버리고 새로운 마음으로 살아가야 한다. 묵은 수렁에 갇혀 새날을 등지지 않도록 지나간 일을 던져버려라.

마음속으로 과거의 어두운 면을 바라보면서 계속 곱씹는 것은 앞으로도 비슷한 불행과 실망이 찾아와달라고 기도하는 것과 같다. 과거를 돌아보며 지난날의 어려움에 집중하면 지금 자신에게 어려움이 더 많이 찾아오게 될 뿐이다. 과거의 실수나 잘못에 발목이 잡혀서는 안 된다. 과거를 붙잡고 과거에 얽매여 상처받지 말고 '지금 무엇을 하려고 하며 무엇을 할 수 있는가'에 집중해야 이루고자 하는 일이 다가오기 마련이다. 원하는 것에 의도적으로 집중하고 좋은 감정을 가져야 한다.

과거의 일로 후회하거나 미래의 문제로 근심하지 말아야 한다. 어리석은 사람은 이미 지나간 과거를 그리워하거나 슬퍼하고 후회하며 오지 않은 미래를 두려워하고 걱정한다. 지혜로운 사람은 과거에 미련을 갖거나 미래를 걱정하지 않고 현재 해야 할 일에 전념한다.

과거는 부도난 수표이며, 미래는 약속어음에 불과하다. 살아있는 바로 오늘이 현금이다. 그렇기에 과거를 역사(History), 미래를 미스테리(Mystery)라 부르는 대신 현재(Present)를 선물(Present)이라고 말한

▲ 다비드 프리드리히 〈안개바다 위의 방랑자〉

망각은 과거를 지우고 미래를 그리는
인생의 아름다운 지우개이다

다. 과거는 현재로부터 기인하는 것이며 미래도 현재로부터 비롯된다. 항상 현실에 중심을 두고 미래를 생각해야 한다. 최선을 다해서 현재를 살아가면 밝은 미래를 만들 수 있다.

자신이 소망하는 미래는 자신의 과거에 의해서 결정되는 것이 아니라 지금 현재의 노력에서 결정된다는 사실을 명심해야 한다. 과거와 싸우지 말고 과거로부터 배우고 미래를 바라보며 현재에 집중하면서 앞을 향해 나아가야 한다. '지금까지'가 아니라 '지금부터'가 중요하다.

영화 〈포레스트 검프〉에 이런 대사가 있다. "전진을 위해서는 과거를 정리해야 한다(You've got to put the past behind you before you can move on)."

망각은 인생의 아름다운 지우개다. 망각이라는 지우개로 머릿속에 잊어야 할 과거의 상처와 허물을 지우면 새로운 사랑과 희망의 싹이 다시 돋아난다. 새 살이 돋아나 상처가 아물듯이 삶이란 끊임없이 새로워져야 하므로 인생이라는 칠판을 자신이 원하는 내용으로 채워나가야 한다. 최선을 다해서 현재를 살아가야 한다. 살아 있는 현재에 열정을 가지고 행동하여 현재의 삶, 지금 이 순간의 삶에 충실해야 한다.

영혼의 원동력 분노

칭기즈 칸은 사냥을 할 때는 자신이 키우는 매를 데리고 다녔다. 하루는 사냥을 마치고 먼저 매를 날려 보내고 집으로 돌아가는 길이었다. 목이 말라 바위틈에서 떨어지는 물에 수통을 대고 있는데 갑자기 자신의 매가 쏜살같이 날아와 손을 쳐서 수통이 땅에 떨어지고 말았다. 화가 치밀어 오른 칭기즈 칸은 칼로 매를 내리쳐 죽이고 나서 무심코 바위 위를 바라보는데 죽은 독사가 바위의 물길에서 썩고 있었다.

칭기즈 칸은 잠시 마음을 다스리지 못하여 독사의 독에서 자신의 목숨을 구해 주려던 애지중지하던 매를 죽이는 어리석음을 범한 것이다. 순간적인 분노가 생각과 판단을 흐리게 한 것이다. 칭기즈 칸은 막사로 돌아와 금으로 매의 형상을 만들게 하고 양 날개에 다음과 같은 문구를 각각 새겼다.

'분노로 한 일은 실패하게 마련이다.' '설령 벗이 마음에 들지 않는 행동을 하더라도 벗은 여전히 벗이다.'

분노는 일상적으로 맞부딪치는 자연스러운 감정으로 인생에서 분노하지 않고 살 수는 없다. 분노는 마음속에 숨겨져 있다가 자극을 받으면 분출한다. 분노를 분출하면 자신이나 상대방의 정신 깊은 곳에 파고들어 문제를 일으킨다. 마음에 좌절과 고통과 상처를 남기고 삶의 평화를 앗아가 버린다. 오랫동안 노력했던 일이 한순간에 허사로 돌아가고 잘 지내던 인간관계가 서먹서먹해지거나 단절되어 버린다. 분노 폭발은 불행이 시작되는 출발점으로 심지어 살인까지 저지르는 등 돌이킬 수 없는 재앙이 될 수 있다.

분노는 영혼의 원동력 가운데 하나이기도 하다. 분노는 생존해 있으며 건강하다는 신호다. 분노가 없는 사람의 마음은 불구다. 적절한 때와 정도와 방식과 정당한 목적을 가지고 하는 분노는 사태를 개선시킨다. 스스로 최선을 다하지 못했을 때 자신에 대한 적절한 분노, 상대방을 채찍질하는 분노는 더 잘하도록 하는 촉매 역할을 한다. 사회 부정에 대한 분노는 세상을 보다 긍정적인 방향으로 나아가게 한다.

어느 날, 자신의 힘이 가장 세다고 자랑하는 헤라클레스가 골목길을 걸어가고 있는데 사과 크기의 이상한 물건이 떨어져 있어 가는 길을 방해한다면서 화를 내며 발로 차버렸다. 그러자 사과만 했던 것이 어느새 수박처럼 커졌다. 그는 자신을 놀린다고 더욱 화를 내며 다시 힘껏 발로 차자 이번에는 바위만큼 커졌다. 더욱 흥분하여 이번에는 커다란 쇠몽둥이를 휘둘렀다. 휘두르면 휘두를수록 더욱 커져 어느새 길목을 꽉 막아버렸다.

분노를 폭발하는 헤라클레스 앞에 아테네 여신이 나타나 그 물건을 향해 웃으며 노래를 들려주자 순식간에 원래 크기로 돌아가 툭

▲ 고야 〈이성이 잠들자 악마가 태어나다〉

분노의 불길을 부채질하지 말고 그 불길을 잠재울 때
진정한 영혼의 원동력이 된다

떨어지는 것이었다. 놀란 헤라클레스가 아테네 여신에게 "도대체 저게 무엇입니까" 하고 묻자 아테네 여신이 웃으며 "이건 논쟁과 불화의 정령이라서 가만히 놓아두면 별것 아니지만 이것과 싸우면 주체할 수 없을 정도로 커져 버린답니다"라고 말했다.

분노의 격정을 다스려야만 마음의 평화를 유지할 수 있고 행복해질 수 있다. 분노란 불길과 같아서 부채질하면 더욱 거세게 타오르지만 참으면 참을수록 잦아든다. 분노의 불길을 부채질하지 말고 그 불길을 잠재워야 한다. 분노에 깔린 슬픔, 고통, 증오와 상처를 헤아리고 풀어주어서 분노를 일으키게 한 감정적인 고리를 끊어야 한다.

고대 소크라테스의 집에 친구가 찾아오자 소크라테스는 반가워했지만 그의 아내는 표정이 좋지 않았다. 잠시 후 소크라테스의 아내가 화를 내며 큰 소리를 질렀지만 소크라테스는 애써 무시하고 거실에서 친구와 웃음을 터뜨리며 대화에 열중했다.

그때 아내가 화난 표정으로 소리를 지르며 물통을 들고 들어오더니 소크라테스의 머리에 물을 쏟아부었다. 봉변을 당한 소크라테스는 수건으로 물을 닦아내며 친구에게 "너무 놀라지 말게. 천둥이 친 후에는 반드시 소나기가 내리는 법이라네." 이 한마디에 친구는 껄껄 웃었다.

▲ 고야 〈노파와 수도사〉

분노는 생존해 있으며 건강하다는 신호다

분노가 일어나면 심호흡을 하고 마음을 추스른 다음에 분노가 일어난 이유에 대해 "왜"라고 자문해보라. 무엇이 나를 분노하게 했는지, 상대방이 분노하는 이유가 무엇인지, 무엇 때문에 다투게 되었는지 헤아려 분노를 다스리며 용서와 화해로 풀어주면 분노는 삶에 활기를 불어 넣어주는 계기가 될 수 있다.

사막에 갇힌 차의 타이어의 바람을 빼 접지 면적을 넓혀주듯 신문을 찢거나 격렬한 운동이나 기도로 분노를 뽑아내라. 엔진 오일을 교환하듯 다른 좋은 에너지로 바꿔라. 분노의 에너지를 사랑의 에너지로 재충전해라.

화가 났을 때는 조급하게 판단하지 말고 상대방이 그렇게 하는 이유를 침착하게 생각하는 것이 좋다. 그래도 몹시 화가 날 때는 상대방에게 화가 나 있음을 알게 해야 한다. 상대방이 나에게 소중한 사람이라면 더욱 솔직해야 한다. 가능한 한 차분하고 침착한 말투로 왜 화가 났는지를 말해 본심을 전해야 한다. 이렇게 하면 유사한 갈등을 미연에 방지할 수 있다.

타인과 자신에게 베푸는 은혜 용서

두 여인이 가르침을 얻기 위해 지혜로운 노인을 찾아갔다. 한 여인은 한동안 남편을 홀대한 것을 뉘우치면서 용서받을 방법을 물었다. 다른 한 여인은 남편에게 잘못한 것이 별로 없다고 했다. 노인은 두 여인의 이야기를 듣고 난 뒤에 잘못을 뉘우치는 여인에게 밖으로 나가서 아주 큰 돌을 한 개만 주워오라고 했다. 다른 여인에게는 작은 돌 열 개를 주워오라고 했다. 두 여인은 노인이 시키는 대로 돌을 주워왔다. 그러자 이번에는 노인이 두 여인에게 가지고 왔던 돌을 처음 있었던 제자리에 다시 갖다 놓고 오라고 했다.

큰 돌 한 개를 주워온 여인은 돌을 들고 오기는 어려웠지만 돌이 있던 곳을 쉽게 기억해낼 수 있었지만 작은 돌 열 개를 가지고 온 여인은 돌이 있던 자리를 기억해 내지 못해서 제자리에 갖다 놓을 수가 없었다. 그러자 노인이 두 여인에게 말했다. "큰 잘못을 저지른 사람은 지은 잘못을 잊지 않고 기억하면서 어떻게 하면 용서를 받을 수 있는지 염려하지만 작은 잘못을 여러 번 지은 사람은 잘못을 기억하지 못하거나 의식하지 않으면서 살아가는 것이지요."

누구나 삶을 영위하면서 크거나 작은 잘못으로 용서할 일도 생기고 용서받을 일도 적지 않게 생긴다. 잘못을 저질러 누군가에게 상

▲ 렘브란트 〈돌아온 탕자〉

잘못을 저질렀을 때는 용서를 구하는 용기가 필요하다

처와 피해를 주었을 때는 용서를 구하는 용기를 가져야 한다. 큰 잘못은 큰 용서를 구해 참회하고 작은 잘못은 작은 용서를 구해 참회해야 한다.

다른 사람이 준 상처는 아픈 못과 같아서 목에 걸려 숨이 막히게 하고 가슴에 박혀 주저앉게 만든다. 남이 박아놓은 못을 내가 스스로 뽑아내는 것이 용서이다. 용서는 나에게 상처를 준 사람에 대한 복수심과 분노를 끊어버리고 자신을 해방시키는 행위다.

용서는 쉬운 일이 아니다. 원한에 맺힌 이를 용서한다는 것은 말처럼 쉬운 일이 아니다. 상처는 깊고 오래 간다. 나에게 상처를 안겨준 사람에 대한 감정의 골은 쉽게 지워지지 않는다. 사랑을 배반한 과거의 연인, 은혜를 원수로 갚는 사람, 불의와 부정을 저지른 사람이 버젓이 살아가는 모습을 보면 미움과 복수의 감정이 앞선다.

복수는 더 큰 불행을 낳는다. 복수심은 타인도 파괴하지만 자신도 파괴한다. 성급한 복수가 고통의 근원이 되며 자신이 행한 복수로 통쾌했던 마음이 비탄으로 변할 수 있다. 복수는 일정 기간 통쾌함을 줄지는 몰라도 죄의식을 남긴다. 복수에서의 승리는 영원한 승리가 아니므로 용서를 선택해야 한다.

두 친구가 사막 여행을 하다가 말다툼이 벌어져 한 친구가 다른 친구의 뺨을 때렸다. 뺨을 맞은 친구는 반응하지 않고 모래 위에 글을 적었다. '오늘 가장 친한 친구가 내 뺨을 때렸다.'

두 사람은 오아시스가 나올 때까지 말없이 걸었고 도착하여 쉬다가 뺨을 맞았던 친구가 근처 늪에 빠지자 뺨을 때렸던 친구가 달려가 구해주었다. 늪에서 빠져나온 친구는 이번에는 돌에 글을 적었다. '오늘 나의 가장 친한 친구가 내 생명을 구해주었다.'

때리고 구해준 친구가 물었다. "내가 너를 때렸을 때는 모래에다 적었는데 왜 너를 구해준 후에는 돌에다 적었니?"

그러자 친구가 대답했다. "용서해야 하는 일은 모래에 그 사실을 적어야 바람이 불어와 지워버릴 수 있지. 하지만 은혜를 입은 일은 잊지 않기 위해 돌에 적어야 하는 거야. 누군가가 우리에게 좋은 일을 했을 때는 그 사실을 돌에 적어야 해. 그래야 바람이 불어와도 지워지지 않을 테니까"

용서는 고결하고 아름다운 사랑의 형태이다. 사랑이 없는 사람은 쉽게 용서하지 못한다. 용서는 값싼 것이 아니며 삶 속에서 실천하는 큰 수행이다. 용서는 마음의 문을 닫아걸고 있던 걸쇠를 푸는 일이다. 용서는 양심의 쇠사슬에 묶여있던 가해자를 안심시키는 일이다. 용서하는 마음은 상처 준 사람을 받아들이는 마음이다.

용서는 남을 위한 행동이기도 하지만 오히려 나를 위한 행동이다. 용서하지 않으면 분노를 되새김질하게 되고 과거의 기억과 상처에 매달리면서 자신의 노예가 되고 복수심에 가득 차 심신이 부정적인 영향을 받는다. 상처의 진정한 치유는 용서에서 온다. 용서하지 않고 상처에 집착하면 마음의 평화가 깨져 자신을 불행하게 만들고 분노와 미움이 독이 되어 건강을 해친다. 용서는 마음의 상처를 치료

▲ 살바도르 달리 〈십자가에 못 박음〉

남이 박아놓은 못을 내가 스스로 뽑아내는 것이 용서이다

▲ 라파엘로 〈성모의 대관식〉

용서는 남을 위한 행동이기도 하지만 오히려 나를 위한 행동이다

하면서 심신이 건강해진다.

용서는 자신을 위해 상처를 떨쳐버리는 것이다. 세상과 타인에 대한 원망과 집착을 벗어날 때 홀가분한 것처럼 용서하면 화가 녹아내리고 상처가 아물어 평온을 되찾는다. 용서는 자신에게 베푸는 은혜이며 사랑이다.

용서는 과거의 상황이 현재를 지배하지 않도록 가르친다. 용서를 거부하면 현재는 끝없이 과거에 얽매이게 된다. 상처받았던 과거에 자신의 삶을 통째로 얽어매놓고는 자신의 존재를 갉아먹도록 내버려 둔다. 그 상처를, 그 모욕을 끌어안고 틈만 나면 골몰한다.

맺힌 것을 풀고 자유로워지면 세상 문도 활짝 열린다. 용서는 세상의 모든 존재를 향해 나아갈 수 있게 한다. 맺히고 막힌 관계를 풀고 어깨동무하며 함께 가야 한다. 용서는 인간관계의 아름다운 마무리이다. 용서를 통해 새로운 인간관계가 이루어진다. 과거를 털어내고 새로운 미래를 향해 건너가라.

이것 또한 지나가리라 평정

옛날에 한 왕이 사소한 일에도 마음이 몹시 흔들렸다. 때로는 갈팡질팡하면서 안정되지 않는 경우가 많아 사리를 판단하는 데 많은 어려움이 있었다. 그래서 왕은 나라 안에 소문난 현자를 불러 "어떻게 하면 내 마음에 평정을 가져올 수 있겠소"라고 묻자 잠시 후 현자는 해답이 적힌 상자를 건넸다. 그 안에는 붓글씨가 쓰여 있는 족자가 있었다. 그 글귀는 '이것 또한 지나가리라'였다. 왕이 "이 글씨의 의미가 무엇이오"라고 묻자 현자는 "이 족자를 거처하시는 곳에 걸어두고 어떤 일이 일어나 마음이 흔들리면 새겨진 글귀를 읽으십시오. 그렇게 하면 언제나 마음이 평화로움 속에 있게 될 것입니다."

삶에는 곳곳에 고통이란 지뢰가 숨어 있다. 욕망, 증오, 자만, 잘못된 견해 등이 고통이란 지뢰의 뇌관이다. 인간은 일희일비하고, 흥분하기 쉽고, 역경에서 인내하지 못하고, 혼란에 빠지면 평정을 잃기 십상이다. 마음이 경직되면 쉽게 반발하고 분노하여 중요한 일들을 그르치게 된다. 구겨진 종이에 그림을 그릴 수 없듯이 고요한 물처럼 정신을 맑게 해야 사안을 객관적으로 볼 수 있으며 평안한 삶을 살아가게 된다.

▲ 쿠르베 〈시용의 성〉

호수가 늘 고요하고 잔잔한 것처럼
마음의 평정도 고요함을 유지하는 것이다

호수는 파도가 없으며 고요하고 잔잔하다. 마음의 평정도 마찬가지로 고요함을 유지하는 것이다. 평정은 무감각하거나 냉정하거나 텅 비어있는 마음 상태가 아니며 단지 입을 닫고 침묵하고 있는 상태도 아니다. 평정이란 마음이 맑고 생생한 움직임이 들어차 있으며 마음이 들뜨지 않고 태도에 여유가 있는 상태다.

마음의 평화는 자신에게 줄 수 있는 선물로 누구도 대신할 수 없다. 어떤 상황에 부닥쳐 있건 자신의 삶을 사랑하는 것에서 마음의 평화는 시작된다. '마음의 평화를 다짐한다'는 것은 삶에서 부딪히는 도전적인 문제들에서 한 발 물러나겠다는 의미가 아니라 내면이 평화로운 상태를 최우선 순위에 두겠다는 것이다. 마음의 평정은 마음공부의 최고 단계다. 상황이나 조건에 따라 마음이 흔들리고 출렁이는 것이 아니라 자기성찰과 수련으로 마음이 가라앉아 있어야 한다.

마음은 수천 개의 채널이 달린 텔레비전과 같다. 선택하는 채널대로 순간순간의 자신이 존재한다. 분노를 켜면 분노하는 자신이 되고, 평화와 기쁨을 켜면 평화롭고 기뻐하는 자신이 된다. 원망이나 분노가 치밀어 오를 때, 변명이나 주장을 하고 싶을 때, 기쁨이나 놀람으로 마음이 흔들릴 때 평정을 유지하기란 절대 쉽지 않다. 평정을 잃지 않는 사람은 마음이 크고 중심이 있는 사람이다.

마음은 출렁이는 물결과 같아서 잠잠하다가도 때로는 거친 격랑에 흔들린다. 중심을 잡지 못하면 표류하거나 좌초하고 만다. 기쁨, 즐거움, 유쾌함 등 좋았다가도 권태, 무료함, 우울 등 나빠지기도 한다. 나쁜 상태의 감정 관리를 잘못하면 인생이 흔들린다. 마음의 물결을 잘 다스려 자신의 감정과 정신을 고요한 물처럼 맑게 할 수 있는 사람이 진정한 인생의 승리자로서 행복한 인생을 보장받는다.

행복을 위해서는 어떤 일이 일어나도 무슨 말을 들어도 마음이 동요하지 않고 평온한 상태를 지니고 있어야 한다. 마음이 평온한 상태는 자신을 다스린 사람만이 얻을 수 있는 과실이다.

평정을 유지하기 위해서는 인생 전체의 시각으로 보아야 한다. 전체적으로 문제를 보면 심각한 것이 아니라 삶의 한 과정임을 깨닫게 된다. 큰 행복과 큰 불행에서도 동요하지 말고 초연한 자세를 취할 수 있어야 한다.

젊은이가 지혜로운 노인을 찾아가 물었다. "저는 스트레스를 받으며 힘든 삶을 살고 있습니다. 행복해지는 비결을 가르쳐주십시오." 이 말을 들은 노인이 젊은이에게 "나는 지금 정원을 가꾸어야 하니 이 가방을 좀 들고 있게"라고 하면서 가방을 건넸다.

처음에는 가방이 무겁게 느껴지지 않았지만, 시간이 지나면서 가방이 무겁게 느껴졌고 어깨가 아팠다. 일을 계속하고 있는 노인에게 젊은이가 "가방을 언제까지 들고 있어야 합니까" 하고 묻자 "무거우면 내려놓으면 되지"라고 말했다.

젊은이는 그 말을 듣고 "행복하기 위해서는 마음의 짐을 내려놓으면 된다"는 것을 깨달았다. 내려놓으면 편안해지고 자유로워지는데 내려놓지 않으니 힘든 것이다.

▲ 프리드리히 〈월출〉

마음의 짐을 내려놓으면 마음이 한결 편안하고 가벼워진다 마음의 찌꺼기를 가라앉혀야 평정해진다. 마음속에는 분노와 욕심, 이기심과 개인주의, 열등감과 패배의식과 같은 찌꺼기가 있다. 찌꺼기를 거르는 정화 과정이 필요하다. 삶에서 잡동사니를 제거해야 한다. 고통스러움을 불러일으키는 기억이나 상황이 있다면 끌어안고 있지 말고 단호하고 과감하게 내려놓고 결별해야 한다.

내려놓음은 마음속의 압박을 끝내는 일이다. 내려놓으면 마음이 편안하고 가벼워지는 느낌이 들면서 홀가분해진다. 마음을 내려놓을 때 영감과 지혜를 얻어 창조가 일어난다. 집착을 내려놓고 삶의 흐름을 즐기고 신뢰하면 정화와 치유를 가져다준다.

내려놓는다는 것이 쉬운 일은 아니며 훈련이 요구되고 체험이 필요하다. 마음속에 사라지지 않는 찌꺼기가 있다면 마음이 평온해졌던 경험을 떠올려보라. 감정을 세심하게 돌보면서 기뻐하는 일이 무엇인지를 생각해 보라. 경험이 반복될수록 마음속에 더욱 깊은 평온을 체험할 수 있을 것이다.

영혼의 우물 파기 사색

상대성 이론을 증명한 아인슈타인에게 제자가 물었다. "선생님께서는 그동안 천재적인 이론들을 정착시키면서 수많은 사람으로부터 찬사와 존경을 받고 계십니다. 선생님의 성공 비결을 듣고 싶습니다. 아인슈타인은 한동안 침묵한 다음에 'A=X+Y+Z'라는 간단한 공식을 적어 보여주면서 설명했다. "A가 인생의 성공이라면 X는 일, Y는 놀이, Z는 입을 다물고 있는 것이야."

그는 말을 이어갔다. "A라는 성공을 도출하기 위해서는 열심히 일하는 X와 인생을 즐기는 Y와 침묵하면서 내면의 자신과 대화를 나누는 Z라는 사색하는 시간이 필요해." 그러자 제자가 물었다. "선생님, 성공에 왜 사색의 시간이 필요하죠?" 아인슈타인이 미소를 띠며 대답했다. "고요히 자기를 들여다볼 시간을 갖지 않으면 목표가 빗나가기 때문이야."

사색은 잠시 멈춰서 영혼의 우물을 깊이 파는 것이다. 일상과 동떨어진 피안의 세계가 아니라 실생활의 연장선에서 '마음 쓰는 법'의 훈련이다. 침묵의 예술을 배워야 한다. 고요히 주의를 기울이며 머무는 법을 배워야 한다. 침묵은 고요한 기다림을 요구한다. 밭을 갈고 씨앗을 뿌린 후에 새싹이 돋아나기를 기다리는 농부의 기다림과

▲ 쿠르베 〈파이프를 물고 있는 남자〉

사색은 내면의 고요한 소리를 듣는 것이다

같다. 때로는 침묵에 해답이 있다.

마음이 고래고래 소리를 지르고 있을 때는 내면의 '고요하고 작은 목소리'를 들을 수 없다. 사색은 마음의 요란한 소음을 가라앉히기 위한 것이다. 시간이 흐른 뒤 이 소음이 사라졌을 때 내부에 흐르고 있던 침묵의 소리를 들을 수 있다.

마음이 경직되면 중요한 것들을 그르치게 된다. 쉽게 반발하고 쉽게 분노하기 때문이다. 사색하면 마음이 부드러워지고 내면의 유연성이 커져 여유를 가지고 문제점을 관조하게 된다. 사색은 삶을 이해하게 하고 깨달음과 생각의 힘을 키워준다. 사색을 통해 삶을 풍부하게 하라.

사색은 달리는 자에겐 머물지 않는다. 머물러 먼 곳을 볼 겨를이 없으니 사색은 점점 더 멀어지고 그다음엔 세상이 만든 습관과 관성에 따라 달려간다. 악을 쓰다가 어느 순간 갑자기 멈추어 뒤돌아보면 사색하는 걸 잊어버린 걸 깨닫게 된다.

사색은 참된 인식에 도달하기 위해 꼭 필요하다. 사색의 통로를 거쳐야 삶의 지혜를 얻는다. 사색은 조용한 시간을 요구한다. 끝없는 질주를 잠시 멈추고 스스로 질문하고 자신과 대화하는 사색을 시작해라. 칠흑 같은 어둠 속에서 고요함을 맛보아라. 고독과 침묵 속에서 활동력을 찾아내며 그 활동력 속에서 고독과 침묵을 인식하라. 자신의 힘으로 마음속에서 실존의 진리를 발견해라. 모든 번잡스러운 것을 잊고 사색에 잠겨보라.

▲ 세잔 〈에스타크〉

푸른 잎사귀와 파도와 바람 그리고 햇볕을 쬐는
삶의 여백을 통해 사색의 시간을 가지라

베토벤은 눈이 오나 비가 오나 매일 공원을 산책했다. 산책을 하면서 새로운 악상을 떠올렸다. 루소와 에머슨, 키르케고르는 산책할 때 작은 노트를 가지고 걷다가 생각이 떠오르면 기록했다.

잠깐이라도 가만히 앉아 있어 본 적이 있는가? 가만히 앉아 있는 것만으로도 마음을 쉬면서 사색할 수 있다. 나아가 조용히 걸으면 사색이 더 깊어진다. 그 조용한 사색에서 새로운 영감과 지혜를 얻을 수 있다.

자신 속에 자신이 너무 많으면 안 된다. 일상에서 벗어남을 얻으려면 부단히 자신을 비워야 한다. 그 빈 곳을 만들기 위해 마음속의 일부를 비워두라. 가끔은 '나는 누구인가, 어디서 왔나, 어디로 가나' 하고 마음의 눈으로, 마음의 가슴으로 자신을 바라보라. 조급함이 사라지고 삶에 대해 여유로움이 생길 것이다.

때때로 혼자서 신중하게 생각하면서 자기 자신과 회의하는 시간을 가져라. 문제의 단편들을 모으고, 해결책을 마련하기 위해 노력하고, 계획하고, 자신 내부에서 우러나오는 생각에 귀를 기울여라.

발상의 벽에 부닥칠 때 미련 없이 떨치고 푸르게 잎을 틔우는 나무를 보라. 해변이나 강가로 나가 낚싯줄을 드리워라. 푸른 잎사귀와 파도와 바람 그리고 햇볕으로부터 아이디어를 낚을 수 있을 것이다. 삶에 여백이 필요하듯 사색을 통해 자신을 비워라.

인생에는 일기예보가 없다 시련

착한 사람이 죽어 하늘나라로 가서 천사를 만났다. 하루는 열심히 상자를 포장하고 있는 천사에게 "무엇을 포장하고 계십니까" 하고 묻자 천사는 "지상에 있는 사람들에게 줄 행복 상자를 포장하고 있습니다"라고 대답했다. 그러자 착한 사람은 "상자를 감싸는 단단한 포장지는 무엇으로 만든 것입니까"하고 재차 묻자 천사는 "행복 상자의 포장지는 시련입니다. 지상의 사람들은 누구나 시련을 겪습니다. 이와 같은 시련의 포장지를 벗기지 않으면 행복이란 선물은 받을 수가 없지요"라고 했다.

그러자 착한 사람은 다시 "그러면 시련이라는 단단한 포장지를 어떻게 벗길 수 있나요"라고 묻자 천사는 "시련의 포장지를 벗길 수 있는 것은 용기입니다. 용기를 가지고 전진해야만 행복의 선물을 받을 수 있습니다"라고 대답했다.

인생을 살면서 크고 작은 시련들, 나아가 절규하고픈 뼈저린 시련을 겪지 않는 사람은 아무도 없다. 대통령, 재벌 회장, 유명 인사들이 자신이나 자식들, 형제들이 감옥으로 가고 자식이 이혼하고 사회적인 문제가 야기되어 치욕을 당하는 등 말할 수 없는 시련을 겪거나 겪고 있는 사실이 비일비재하다. 여기에다 주변에 성공한 사람이

▲ 뭉크 〈절규〉

삶에서 절규하고픈 뼈저린 시련을 겪지 않는 사람은 아무도 없다나 겉으로 보면 마냥 행복해 보이는 사람도 실제로 속을 들여다보면 시련을 겪었거나 겪고 있음을 알 수 있다.

인간은 다양한 환경 속에서 삶을 영위하고 있는 존재이다. 이 환경은 작게는 가족, 학교, 지역 사회에서 크게는 국가, 세계 등으로 끊임없이 변화하고 있다. 외부 환경의 변화는 그 안에서 살아가는 개인에게 이상적이고 긍정적인 방향으로 흘러가기도 하지만 반대로 개인을 억압하고 삶을 고통스럽게 만드는 등 바람직하지 못한 방향으로 진행되어 개인에게 시련을 안긴다.

삶에 절대적인 안정은 없으며 산다는 것은 어렵다. 인생은 평화와 행복만이 아니라 온갖 시련이 점철된다. 인생은 잔잔한 호수가 아니라 끊임없이 파도가 몰아치는 바다와 같다. 바다의 파도처럼 시련은 예측불허로 수시로 다가온다. 음지는 없고 양지만 있는 삶, 슬픔은 없고 행복만 있는 삶, 시련은 없고 즐거움만 있는 삶은 인간의 삶이 아니다. 내리막이 있으면 오르막이 있고 오르막이 있으면 내리막이 있듯이 시련 사이사이에 안식기가 있다. 시련과 안식의 연속, 이것이 삶이요 인생이다.

베트남 독립의 아버지인 호찌민은 〈시련에 대하여〉 시를 썼다.
절굿공이 아래서 짓이겨지는 쌀은 얼마나 고통스러운가!
그러나 수없이 두들김을 당한 후에는 목화처럼 하얗게 쏟아진다.
이 세상 인간사도 때로는 이와 같아서
시련이 사람을 빛나는 옥으로 바꾸어 놓는다.

겨울의 차가움과 고적함이 없다면
봄날의 따스함과 눈부심도 없으리.
시련은 내게 온유함과 강인함을 가져다주고
강건한 마음마저 선물하네.

엄마 매화나무가 어린 매화나무에게 "겨울바람을 참고 견뎌야 한다. 우리 매화나무들은 살을 에는 겨울바람을 이겨내야만 향기로운 꽃을 피울 수 있단다"라고 말했다. 겨울 추위가 심한 다음에 오는 봄의 푸른 잎은 한층 푸르다. 바람이 거세어도 머지않아 꽃은 피어나고 살이 에이고 아파도 꽃향기는 깊어져 멀리 퍼져나간다. 꽃과 열매는 비바람, 천둥, 벼락, 무서리, 땡볕의 시련을 견디고 인고 끝에 맺은 결실이다. 추운 겨울을 보낸 봄 나무들이 더 아름다운 꽃을 피우듯이 사람도 시련에 단련된 후에야 비로소 제값을 한다.

시련에 직면했을 때 빛을 발하고 향기를 내뿜어야 한다. 운명은 감당할만한 정도의 시련을 안긴다. 시련은 능력을 시험하기 위해 주어진 것으로 생각해야 한다. 시련은 약한 사람을 강하게 만들고 두려운 것에 용감하게 맞서고 어려움에 지혜를 발휘하게 한다.

시련은 동굴이 아니라 터널이다. 언젠가는 끝이 있고 출구가 있다. 어떠한 시련도 인간의 의지보다 강할 수는 없다. 시련은 나약한 인간에게는 독이지만 강인한 사람에게는 성장할 수 있는 자양분이다. 삶의 시련이 다가올 때 용감한 자는 더욱 강해지고, 현명한 자는 더 지혜로워지지만, 약한 자는 쉽게 포기하고, 어리석은 자는 남

▲ 윌리엄 터너 〈킬레 부두〉

인생은 잔잔한 호수가 아니라,
끊임없이 파도가 몰아치는 바다와 같다

을 탓한다.

시련은 사람의 진가를 알 수 있는 시금석이다. 비관론자는 시련의 문제점만을 보고 굴복하지만, 낙관론자는 시련에 감추어져 있는 기회를 찾아내어 선용한다. 시련에 직면하여 초조와 불안에 휩싸여 허둥대지 말고 낙관주의와 긍정적 사고로 기회를 반전시켜야 한다.

독수리가 더 빨리, 더 쉽게 날기 위해 극복해야 할 장애물은 날개에 저항을 주는 공기이다. 공기가 없는 진공 상태에서는 아예 날 수조차 없다. 공기는 비행하는데 저항이 되는 동시에 비행의 필수조건이다. 모터보트도 극복해야 할 장애물은 프로펠러에 부딪히는 물이지만 물이 없이는 보트가 움직일 수조차 없다. 마찬가지로 인간의 삶에서도 시련이라는 장애물을 꿈을 실현하기 위한 디딤돌로 여겨야 한다.

인간이 시련에 직면했을 때 극심한 고통의 나락으로 떨어지기도 하지만 간절함과 절실함으로 내면에 있는 강력한 힘이 드러난다. 시련은 자신의 존재를 인식하고 자신의 위치를 결정하고 규정하는 계기가 된다. 시련은 두려워하고 피해야 할 대상이 아니라 담대하게 마주해야 할 귀중한 선물이다. 시련에 당당하게 맞서서 극복해야 한다.

시련은 성장의 기회다. 잠자던 용기와 지혜와 잠재력을 일깨우고 감춰져 있던 재능을 발현시킨다. 통찰력이 생기고 일에 대해 영감이

▲ 고흐 〈꽃이 만발한 아몬드 나무〉

추운 겨울을 보낸 봄 나무들이 더 아름다운 꽃을 피우듯이
사람도 시련에 단련된 후에야 비로소 제값을 한다

떠오르게 한다. 시련은 삶을 흔들며 현 상태에 머무를 수 없게 만든다. 이를 벗어나기 위해 몸부림치면서 극복하기 위한 여러 방안을 모색하여 새로운 길을 향해 나아가게 한다.

시련은 사람을 강하게 만드는 도구이며 짓밟힘을 당하고 나서 윤이 나는 자갈이 되는 것처럼 단련의 기회다. 쉽고 편안한 환경에선 강한 인간이 만들어지지 않는다. 시련을 통해서만 강한 영혼이 탄생한다.

인생에 그림이 찾아왔다

신이 인간에게 준 축복 희망

그리스 신화를 보면 프로메테우스와 에피메테우스 형제가 신의 불을 훔쳐 인간에게 줌으로써 인간이 독립성을 가지게 된다. 그러자 이를 보복하기 위해서 제우스는 판도라를 내려보내 에피메테우스와 결혼을 시킨다. 제우스는 판도라에게 상자 하나를 들려 보내면서 절대로 열어보아서는 안 된다고 말했다.

하지만 에덴동산에서 이브가 했던 것처럼 호기심을 억누르지 못하고 상자를 열어보고 말았다. 뚜껑을 여는 순간 상자에 있던 온갖 불행이 쏟아져 나와 온 세상에 퍼졌다. 그때 상자 속에 단 한 가지 남은 것이 있었는데, 그것이 바로 희망이었다. 이렇게 해서 희망은 세상에 퍼져나간 불행과 맞서 싸울 유일한 무기가 되었다.

신이 인간에게 준 가장 큰 중요한 축복은 희망이다. 희망은 삶의 근거이고 원리다. 인간은 끊임없이 희망을 품고 살아가는 존재다. 희망은 마음에 꽃이 피게 하고 삶을 지배한다. 희망은 현재를 결정하는 연결고리이며 혁신의 원동력이다.

왜 쓰러지고 싶은 날들이 없겠는가? 때로는 포기하고 싶고, 쓰러지고 싶고, 자신을 버리고 싶을 때가 있다. 삶의 막장에서 고통과 절망으로 울부짖을 때가 있다. 막장이 더 내려갈 수 없는 곳임을 깨달

▲ 쿠르베 〈절망적인 남자〉

삶의 막장에서 고통과 절망으로 울부짖을 때가 있지만
희망은 기회와 환희를 제공한다

는 순간 남은 것은 희망뿐임을 깨달아야 한다. 막장에서도 삶은 계속되며 이제 희망만 있다.

칠흑같이 컴컴한 방이 있다. 스위치 하나만 찰칵 올려주면 환하게 빛난다. 사람의 마음도 똑같다. 인생에서 부닥치는 무수한 절망과 포기하고 싶은 순간들. 바로 그 순간 희망의 스위치를 찰칵 올려라.

희망의 줄을 놓으면 한순간에 무너진다. 절망이 희망을 점령하게 해서는 안 된다. 절망의 끝자락에 붙어있는 것이 희망이다. 희망의 밧줄은 언제나 가까운 곳에 있다. 절망의 나락에 떨어지지 말고 희망의 밧줄을 놓치지 말아야 한다.

어떤 미술가가 희망을 나타내는 그림을 완성했다. 그림에는 어두운 밤을 배경으로 파도가 치는 바다를 건너는 작은 배 안에 있는 한 청년이 밤하늘에 빛나는 별을 바라보고 있다. 배가 파도에 심하게 흔들리는지 청년은 선미를 붙잡고 몸을 의지하면서도 그 별을 놓치지 않으려고 바라보고 있었다.

그리고 그림 밑에 '언제나 그 자리에 있는 희망을 바라보며 항해하면 언젠가 도달하지만, 희망을 바라보지 않는다면 희망은 사라지고 말 것이다.'라는 글이 적혀 있다.

희망이 무엇이냐에 따라 현재의 삶이 정해진다. 희망이 잠재적 능력을 발휘하게 하고 기회를 맞이하게 한다. 희망을 품고 도전하는 사람이 인생의 승자다. 수확할 희망이 없다면 농부는 씨를 뿌리지 않으며 이익을 거둘 희망이 없다면 상인은 장사하지 않는다. 희망을 품는 것이 성취할 수 있는 첫걸음이며 지름길이다.

세상에 희망만 한 명약은 없다. 내일은 더 나아질 것이라는 기대보다 약효가 더 강한 자극제는 없다. 지금의 고통이 언젠가는 사라지리라는 희망, 누군가 어둠 속에서 손을 뻗어 주리라는 희망, 내일은 내게 빛과 생명이 주어지리라는 희망이 있어야 투혼도 빛난다.

희망을 품지 않는 것은 어리석음이며 버리는 것은 죄악이다. 세월은 이마를 주름지게 하지만 절망은 영혼을 주름지게 한다. 희망의 상실을 보상할 수 있는 방법은 아무것도 없다. 희망이 사라졌는데 어떻게 행복할 수 있을까?

희망은 정신적 엔진이다. 어둡고 험한 세상에서 빛으로 이끄는 큰 힘이다. 인내와 용기를 발휘하게 하여 시련을 극복하고 삶을 변화시킨다. 내일 일은 모르지만, 희망을 품고 사는 사람과 절망 속에 사는 사람의 차이는 삶과 죽음의 차이다. 몸은 심장이 멈출 때 죽지만 영혼은 희망을 잃을 때 죽는다. 희망의 빛을 보고도 눈을 감는 것은 자살 행위다. 절망의 순간에 희망이 없는 삶은 바로 죽음과 같은 삶이다. 절망적인 상황에서 버틸 수 있게 하는 힘은 바로 희망이다.

행복과 평화만으로 인생이 계속될 수는 없다. 경제적 어려움, 불치병, 불우한 환경, 사업 실패, 안전사고, 자연재해, 전란으로 인한 폐허 등 절망의 상황에서 피어나는 꽃이 희망이다. 살면서 부딪치는

▲ 뭉크 〈절망〉

절망이 희망을 점령하게 해서는 안 된다

▲ 다비드 프리드리히 〈떠오르는 태양 앞의 여인〉

희망은 어둡고 험한 세상에서 빛으로 이끄는 강력한 힘이다 절망이라는 암벽을 담쟁이가 타고 오르듯이 희망이 절망을 정복해야 한다.

희망은 늘 괴로운 언덕길 너머에 기다리고 있다. 희망이 없다고 생각하면 보이지 않고 있다고 믿으면 보인다. 희망을 그리는 사람은 마침내 그 희망을 닮아간다. 희망이 이루어질 것을 믿어야 한다.

은하수로 춤추러 간다 죽음

공동묘지에 가지런히 줄을 지어 서 있는 묘비를 둘러보던 한 사람이 발걸음을 멈추었다. 묘비의 글은 단 세 줄이었는데 내용이 재미있었기 때문이다.

첫 번째 줄은 '나도 전에는 당신처럼 그 자리에 그렇게 서 있었소.' 글을 읽는 순간 웃음이 터져 나왔다.

두 번째 줄이 이어졌다. '나도 전에는 당신처럼 그곳에 서서 그렇게 웃고 있었소.' 이 글을 읽고 난 다음에 진지한 마음으로 세 번째 줄을 읽었다.

'이제 당신도 나처럼 죽을 준비를 하시오.'

인생의 시계는 단 한 번 멈춘다. 언제 어느 시간에 멈출지는 아무도 모른다. 죽음은 인생의 최종 단계이며 인생행로의 자연적인 귀결점이다. 죽음이 마치 빚쟁이처럼 기다리고 있다. 죽음은 불가항력의 방문이요 필연의 손짓이다.

인생이란 모래시계의 모래처럼 끊임없이 빠져나가고 있다. 언젠가는 마지막 모래알이 떨어지는 것처럼 인생의 마지막 날을 맞이하게 된다. 인생의 '세상 소풍'을 모두 마쳤을 때 지나온 이야기들은 어둡고 고요한 무덤 속에 묻는다.

죽음을 두려워할 이유는 없다. 죽음이란 오랫동안 늦춰진 친구와의 만남과 같은 것이며 인간의 몸이 나비가 누에를 벗고 날아오르는 것처럼 영혼이 육체로부터 해방되어 은하수로 춤추러 가는 것이다.

스티브 잡스는 생전에 이런 말을 했다.

"인생의 중요한 순간마다 '곧 죽을지도 모른다'는 사실을 명심하는 것이 나에게는 인생의 큰 선택을 할 수 있게 도와준 가장 중요한 도구가 되었다. 외부의 기대, 각종 자부심과 자만심, 수치스러움과 실패에 대한 두려움들은 '죽음' 앞에서는 모두 밑으로 가라앉고, 오직 진실만이 남기 때문이다. 죽음을 생각하는 것은 무엇을 잃을지도 모른다는 두려움에서 벗어나는 최고의 길이다."

충실하게 보낸 하루가 행복한 잠을 가져다주듯이 충실하게 보낸 인생은 행복한 죽음을 가져다줄 것이다. 죽음에 대한 준비는 적극적으로 의미 있는 삶을 사는 것이다. 의미 있는 삶을 살면 살수록 죽음을 당연히 받아들일 수 있게 된다.

오늘이 남아 있는 날 가운데 가장 젊은 날이다. 오늘이 인생에서 남아 있는 날의 첫 번째 날이다. 인생이란 하루하루가 모여서 이루어진 것인 만큼 그 하루하루를 의미 있게 사는 것이 인생을 잘 사는 것이다.

언젠가는 죽는다는 사실을 받아들일 때 삶이 얼마나 의미가 있는지를 깨닫게 된다. 삶의 유한함에 대하여 깊이 깨달으면 깨달을수

▲ 에곤 실레 〈죽음과 처녀〉

인생의 시계는 언제 어느 시간에 멈출지는 아무도 모른다록 살아있음의 소중함과 기쁨은 더욱 커질 것이다. 삶의 배후에 죽음이 받쳐주고 있기 때문에 삶이 빛날 수 있다.

죽음은 만인을 동등하게 만드는 동시에 고귀하게 만든다. 죽음의 갈림길에 서 있다면 한층 인생의 무게가 더해질 것이다. 인생의 마지막 순간에 어떤 평가를 받고 싶은가? 죽음을 망각한 생활과 죽음이 시시각각으로 다가옴을 의식한 생활은 완전히 다른 상태이다. 인생은 유한한데 영원히 살 것처럼 하루를 살아가면 안 된다. 매 순간 죽음을 인식하고 살아감으로써 욕망을 줄일 수 있으며 세상과 타인에 대해 더욱 자비롭고 관대해질 수 있다.

죽으면 주위에서 "남긴 재산이 얼마나 된답니까"라고 묻지만 하늘의 심판은 "어떤 좋은 일을 했느냐"라고 묻는다. 인간은 늘 죽음과 함께하고 있다. 죽음은 자기에게 필연이라는 사실을 인식하고 자각하면서 살아가야 한다.

스티브 잡스는 죽음을 앞두고 이런 메시지를 남겼다.

"나는 사업에서 성공의 최정점에 도달했었다. 다른 사람들 눈에는 내 삶이 성공의 전형으로 보일 것이다. 그러나 나는 일을 떠나서는 기쁨이라고 거의 느끼지 못한다. 그것이 익숙한 삶의 일부일 뿐이다.

지금 이 순간에 병석에 누워 나의 지난 삶을 회상해보면 내가 그토록 자랑스럽게 여겼던 주위의 갈채와 막대한 부는 임박한 죽음 앞에서 그 빛을 잃었고, 그 의미도 다 상실했다. 어두운 방 안에서 생명 보조 장치에서 나오는 푸른빛을 물끄러미 바라보며 낮게 윙윙

거리는 그 기계 소리를 듣고 있노라면 죽음의 사자가 점점 가까이 다가오는 것을 느낀다.

이제야 깨닫는 것은 평생 굶지 않을 정도의 부만 축적되면 돈 버는 일과는 상관없는 다른 일에 관심을 가져야 한다는 사실이다. 그건 돈 버는 일보다는 더 중요한 뭔가가 되어야 한다. 그건 인간관계가 될 수도 있고, 예술일 수도 있으며 어린 시절부터 가졌던 꿈일 수도 있다. 쉬지 않고 돈 버는 일에만 몰두하다 보면 비뚤어진 인간이 될 수밖에 없다. 바로 나같이 말이다. 부에 의해 조성된 환상과는 달리 하나님은 우리가 사랑을 느낄 수 있도록 감성이란 것을 모두의 마음속에 넣어 주셨다.

평생에 내가 벌어들인 재산은 가져갈 도리가 없다. 내가 가져갈 수 있는 것이 있다면 오직 사랑으로 점철된 추억뿐이다. 그것이 진정한 부이며 그것은 우리를 따라오고, 동행하며, 우리가 나아갈 힘과 빛을 가져다줄 것이다.

현재 당신이 인생의 어느 시점에 이르렀든지 상관없이 때가 되면 누구나 인생이란 무대의 막이 내리는 날을 맞게 되어 있다. 가족을 위한 사랑과 부부 간의 사랑 그리고 이웃을 향한 사랑을 귀히 여겨라. 자신을 잘 돌보기 바란다. 이웃을 사랑하라!"

인간은 죽음에 대해 세 가지의 기본적 감정이 있다. 정도의 차이는 있겠지만 무섭다는 감정, 슬프다는 감정, 허무하다는 감정으로서 죽음에 따른 완전한 이별과 소멸과 단절에 기인하는 것이다.

인생에 그림이 찾아왔다

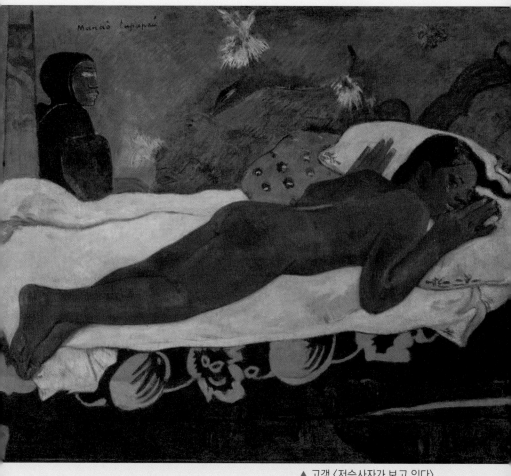

▲ 고갱 〈저승사자가 보고 있다〉

생의 마지막 순간에 무엇을 간절히 원하게 될 것인지를
생각하고 살아있는 지금 그것을 실행하라

죽음이 임박해 있다면 어떤 생각을 하겠는가? 죽음을 앞두고 '더 일했어야 했는데'라고 말하는 사람은 없다. "베풀 걸, 사랑할 걸, 재미있게 살걸"이다. 언제나 죽음을 대비하면서 좀 더 베풀고, 더 많이 사랑하고, 더 재미있게 살아야 한다. 죽음에 맞닥뜨렸을 때, 지금껏 좇던 것과는 전혀 다른 가치를 목말라 한다. 목말라 하는 것이야말로 진정 인생에서 추구해야 할 진정한 가치일지 모른다. 가족, 사랑, 우정, 헌신, 공감과 같은 지금껏 잊고 지낸 것들 말이다.

자신이 이미 죽었다고 생각하고 세상을 바라보라. 아무리 작은 것일지라도 세상의 모든 것이 얼마나 소중한지, 얼마나 감사해야 할 것이 많은지, 자신의 삶이 다른 사람들의 노고에 얼마나 의존하고 있는지, 자신이 주변 사람들에게 잘해 주기 위해 얼마나 노력해야 하는지를 깨닫게 될 것이다. 살날이 딱 하루밖에 남지 않았다면 그 마지막 날이 얼마나 소중하다는 걸 깨닫게 될 것이다. 하루하루를 생의 마지막 날처럼 살아라. 오늘이 마지막 하루라고 여기고 열심히 후회 없는 삶을 영위해라.

죽음은 삶의 가장 큰 상실이 아니다. 가장 큰 상실은 살아 있는 동안 자신 안에서 어떤 것이 죽어가는 것이다. 삶의 마지막 순간에 바다와 하늘과 별 또는 사랑하는 사람들을 한 번만 더 볼 수 있게 해달라고 기도하는 상황을 만들지 마라. 생의 마지막 순간에 무엇을 간절히 원하게 될 것인지를 생각하고 살아있는 지금 그것을 실행하라.

▲ 쿠르베 〈오르낭의 장례식〉

죽음은 인생이라는 '세상 소풍'이 모두 마쳤을 때
고요한 무덤 속에 영원히 남는 휴식이다

인생에 그림이 찾아왔다